우리는

고독할 기회가

적기 때문에

외롭다

—————————————

김규항 아포리즘

우리는
고독할 기회가
적기 때문에
외롭다

김규항 짓고

변정수 엮다

감촉에 익숙해지면
향기를
잊기 쉽다.

우리는 고독할 기회가 적기 때문에 외롭다.

사람은 내적 음성과 대화하고 외적 음성과도 대화할 때 비로소 외롭지 않다. 우리, 이른바 후기 자본주의 사회에 사는 사람들에게 부족한 건 대개 내적 음성과의 대화다. 고독solitude과 외로움loneliness을 구분해야 한다. 고독은 자신과 대화하는 것이고 외로움은 다른 사람들과 차단된 고통이다. 자신과 대화할 줄 모르는 사람이 다른 사람과 제대로 대화할 수 있을까. 고독을 피한다면 늘 사람에 둘러싸여도 외로움을 피할 수 없다. 용맹하게 고독해야 한다.

'남이 보기에 내가 어떤가'에 병적으로 집착하게 만드는 후기자본주의 사회에서 영혼 없는 좀비가 되지 않는 비결은 '내가 보기에 나는 어떤가'를 늘 생각하는 것이다. 그러려면 두 가지가 필요하다. 혼자일 수 있는 시간과 그 시간을 즐길 수 있는 힘.

기도하지 않아도 좋은 사람은 없다.

사람에겐 가진 소중한 것에 대해 감사하는 마음을

유지하는 능력이 없다.

형식이 무엇이든 기도조차 하지 않는 사람이

다른 사람을 위해, 세상을 위해 무언가를 한다는 건

위험하거나 적어도 섣부르다.

개인으로든 인류로든 인간의 존엄을 위협하는 건
언제나 인간 자신이다.
우리가 얼마나 한심한 인간들인지
우리가 잘 모르는 이유는
우리가 하나같이 한심한 인간들이기 때문이다.

누구나 조금씩 괴물이지만 괴물이 되어도 좋을 권리는
누구에게도 없다.

―――――――――――

우리가 비루한 일상을 박차고 이상과 삶을 일치시키는 초인적인
영웅담을 즐기는 이유는 우리가 그 비루한 일상의 노예로 살기 때
문이다.

노예는 주인의 호사는 당연하게 여기면서 다른 노예의 나은 처지
는 참질 못한다.

이념이고 합리성이고 이전에 염치가 있고
자의식이 있어야 사람이다.

어느 단계부터 인간이라 할 수 있는가? 수정란, 아니 난자 한 개라
도 함부로 다루어선 안 될 생명이지만, 진정한 인간은 '부끄러움
을 아는 단계'부터다.
사회적 이견을 가진 사람은 존중할 수 있지만 부끄러움을 모르는
사람을 존중할 순 없다.

인간의 세상을 끝장내는 가장 완전한 방법은
모든 사람을 오로지 나만 아는 인간으로 만들어
만인이 만인을 상대로 아귀다툼을 벌이게 만드는 것이다.

좋은 삶에 대해 두 가지 생각이 존재해왔다. 남보다 많이 갖고 남보다 앞서는 게 좋은 삶이라는 생각. 그런 욕구는 있지만 나보다 못한 사람이 눈에 밟혀 더디더라도 함께 가는 게 좋은 삶이라는 생각. 앞의 것은 한줌의 지배계급에게 뒤의 것은 대다수 정직하게 일하며 살아가는 사람들에게 이어져 내려져왔다. 자본주의는 앞의 것을 모든 사람의 생각으로 바꾼다.

남보다 잘 먹고 잘사는 걸 좋아라 하는 인간은 반쯤 죽은 인간이다.

사람은 품위 있는 사람과 품위 없는 사람으로
나뉘는 게 아니라 품위를 유지할 수 있는 사람과
유지할 수 없는 사람으로 나뉜다.
좀더 나은 사회를 만든다는 건
결국 품위를 지킬 수 있는 사람이 많은 사회를
만드는 일이다.

모욕감을 느낄 때, 살기 위해선 늘 모욕당할 수밖에 없는 사람들
이 아주 많다는 걸 되새기는 게 좋다. 세상엔 생존하기 위해 단
하루도 명예와 자존심을 지킬 수 없는 사람들도 부지기수다. 내
명예와 자존심이 훼손되어 분노가 솟구칠 때 그들의 명예와 자존
심을 함께 생각한다면 참 좋을 것이다.

인간의 모습에서 겸손보다 더 품위 있는 건 없다.

내 생각을 말할 때 겸손하지 않을 수 없는 건 내 생각은 실은 내 생각이 아니기 때문이다. 내 생각은 수많은 체험과 충격과 학습과 주입 따위들이 내 신체를 거쳐 흐르다 남긴 자국 혹은 상처들이다.

흠이 없는 사람은 모두의 선생일 순 있지만
누구에게도 친구일 순 없다.

나는 어디서나 좋은 사람 소리를 듣는 사람을 믿지 않는다. 세계
는 헤아릴 수 없는 옳음과 그름으로 중첩되어 있는데 어디서나 좋
은 사람이란 가능하지 않다고 생각하기 때문이다. 내 경험에 근거
하면, 어디서나 좋은 사람이란 대개 가장 세련된 처세술을 가진
위선자들이다.

얼마간 쑥스러움이 있는 사람에게 호감이 간다. 언제나 당당하고
활기차기만 한 사람은 내면의 공포에 비명을 지르고 있거나, 아무
생각도 없는 사람이라 느껴진다.

사람의 문제는 대개 '내 인격적 장점이라 자긍하는 부분'에서
생겨나며 그래서 좀더 치명적이다.

내가 문제 있는 부모임을 알아채는 결정적인 순간은 '나 정도면 괜
찮은 부모'라는 생각이 들 때다. 자기 확신 없는 문제는 없다.

파시스트의 불결함은 자신만이 정결하다는 신념에서 나온다. 히
틀러나 박정희는 단 한 번도 인민을 괴롭히겠다는 생각을 하지 않
았다. 만일 그들이 그런 생각을 했다면 그렇게까지 잔혹하진 못했
을 것이다.

멋지게 살 도리가 없는 세상에서
멋지게 살자고 말하는 건 얼마나 멋진가.
그 무모함은.

나는 그런 사람이 좋다. 오만할 법한 위치인데 겸손과 성찰을 잃
지 않는 사람, 누가 봐도 초라한 처지인데 아랑곳없이 기개 있는
사람. 그런 사람들은 무엇보다 스스로에게 정직한 사람들이다.

사적 관계에 반하더라도 마땅히 해야 할 도리를 하는 것, 손해나
고통을 무릅쓰고라도 원칙과 신념을 지키는 것이 의리다. 알고 보
면 의리라는 말처럼 귀한 말도 없다. 그리고 이제 '의리 있는 사람'
은 온 나라를 뒤져도 찾기 어렵다.

우리의 미래는 '평범한 훌륭한 사람이 얼마나 많아지는가'에 달려 있다.

선생은 언제나 가까이에 있다. 미처 알아보지 못할 뿐.

학벌이나 직업이 유별나지 않아 멀리서 보기엔 그저 평범해 보이지만 가까이 있는 사람들에겐 참으로 특별한 사람, 아무리 곤란한 일도 마법처럼 해결책을 제시하는 현명한 사람, 슬픔에 빠진 사람이 가장 먼저 떠올리는 따뜻한 가슴의 사람, 이 복잡하고 간교한 자본의 체제를 훤히 들여다보는 맑은 눈의 사람, 제 소신과 신념을 '현실이 어쩔 수 없지' 따위 말로 회피하지 않는 강건한 사람. 우리의 엘리트는 바로 그런 사람이다.

곤궁한 사람이 혹시 돈이 자신을 타락시킬까
걱정하는 풍경은 한심하지만,
아름답다.

사람에겐 최소한의 부가 필요하듯 최소한의 가난도 필요하다. 우
리는 부의 부족이 아니라, 가난의 부족 때문에 더이상 자유롭지
도 행복하지도 못할 수 있다.

결핍은 사람으로 하여금 품위 유지를 어렵게 만든다. 그러나 결
핍은 흔히 생각하듯 지나치게 적은 상태뿐 아니라, 지나치게 많은
상태에서도 나타난다.

누구나 인생을 마감할 때가 되면 제 인생에서 가장 자유가 넘친
시기는 그것을 누릴 여건이 가장 빈약했던 청년 시절이었음을 깨
닫는다. 사람이 자유를 누리기 위해 필요한 부는 생각보다 작다.
그걸 넘어서는 부는 실은 자유를 빼앗아 간다.

자발적 가난은 돈귀신 들어 미쳐 돌아가는 세상을 살아가는 우리가 최소한의 조화를 이루며 살기 위해 삶을 세상의 방향과 반대로 당겨주는 노력이다.

사람이 살다 보면 좋은 일도 나쁜 일도 있는 법이지만, 좋은 일엔 반드시 나쁜 일이 수반되고 나쁜 일엔 반드시 좋은 일이 수반된다. 그리고 사람은 대개 좋은 일에 수반되는 나쁜 일을 통해 좀더 나빠지며, 나쁜 일에 수반되는 좋은 일을 통해 좀더 좋아진다.

자발적 가난의 아름다움은 가난을 선택할 수 있는 사람에게 해당하는 것이다. 이미 가난한 사람은 가난의 아름다움이 아니라 가난의 부당함을 따져야 한다.

가난한 사람을 가장 비참하게 만드는 건 무작정 돈을 좇는 사람들이 아니다. 그들은 오히려 가난한 사람에게 인간적 자긍심의 여지를 남겨 준다. 가난한 사람을 가장 비참하게 만드는 건 "돈보다 소중한 가치를 좇는다"고 말하는 사람들이다. 그리고 그들 중 가난한 사람은 없다는 사실이다. 가난한 사람은 가난을 대상화할 수 없다. 흔히 사람에게 가장 중요한 것들은 돈으로 구매할 수 없다고 한다. 맞는 말이다. 그러나 자본주의 사회에서 가난한 사람은 돈으로 구매할 수 없는 것에 다가갈 수 없다.

대의란 형편이 나은 내가 나보다 못한 사람들의 필요를 우선하는 것이지, 힘든 내가 나보다 훨씬 형편이 좋은 사람들의 필요를 우선시하는 게 아니다.

삶의 격식은 언제나 삶의 내용보다 넘치지 않는 게 좋다.

배운 사람들은 언제나 제 머리통 속에 수집해놓은 동서고금의 온갖 지성의 부스러기들을 조금씩 내비치면서 배우지 못한 사람들에게서 자신을 구별 짓곤 하지만 정작 삶의 치열한 국면에서 그들은 그들의 지성과 별 관련이 없어 보인다. 현명한 사람이라면 죽음에 직면해서도 유지할 수 있도록 자신의 지성을 하향 조정할 필요가 있다.

세상은 '청년 시절에나 하는 운동'으로 바뀌는 게 아니라 일생에 걸쳐 지속되는 신념들로 바뀐다.
사람은 누구나 좌파로 살거나 우파로 살 자유가 있지만 중요한 건 그런 선택을 일생에 걸쳐 일상 속에서 지키고 감당할 수 있는 수준으로 한정하는 일인 것 같다. 좌파로 사는 일은 우파로 사는 일에 비할 수 없이 어려우며, 어느 시대나 좌파로 살 수 있는 인간적 소양을 가진 사람은 아주 적다. 우파는 자신의 양심을 건사하는 일만으로도 건전할 수 있지만, 좌파는 다른 이의 양심까지 지켜내야 건전할 수 있기 때문이다.

오늘 한국 사회에서,
한국인의 삶에서 '흥행 감각'을 뺀다면 뭐가 남을까?
우리 삶은 어느덧 이야기를 잃고 있다.

어릴 적부터 광고에 길들어 자란 젊은 세대에게 상품을 구입하는
일은 문화를 향유하는 행위이며 브랜드는 '장사꾼의 표찰'이 아니
라 '작가의 사인'이다. 그들은 소비를 통해 문화적 감동에 빠지며
소비하지 못할 때 문화적 결핍에 시달린다. 물론 이건 젊은 세대만
의 모습은 아니다. 심지어 우파만의 모습도 아니다.
자본주의 사회에서 문화는 대부분 상품의 형태로 유통된다. 그러
나 문화가 단지 상품으로서 합목적성만 갖는다면, 다수의 사회성
원이 그걸 당연시한다면 문화는 사라지게 된다. 남는 건 동물적
생존뿐이며 단지 그런 생존에 소요되는 비용으로 문화적 수준을
가늠하게 된다.

'나는 상품이 아니라 인간'이라는 생각만으로도 우리는 좀더 훌륭
하게 살 수 있다.

마을의 요체는 이웃이다.

이웃은 지원금신청서나 보도자료,

요란스러운 토론회가 아니라

자제와 겸손, 속 깊은 배려의 교직에서 생겨난다.

사람은 다른 사람과의 우애나 연대 없이 행복할 수 없다. 행복은 소비나 물질적 축적이 아니라 다른 사람들과 조화를 이루는 순간, 바로 그 순간들이다. 사람에게 행복을 가져다주는 유일한 경로는 사랑이다. 나를 진심으로 사랑하는 사람이 있음을 확신할 때 우린 어지간히 고단한 삶속에도 행복하다.

우리가 못 한다 아쉬워하는 많은 것들도
실은 안 해도 그만인 것들.

사람이 삶을 바꾸려면 언제나 그걸 주저하게 만드는 사정들이 있
게 마련인데 그 사정들을 완전히 해결하면서 삶을 바꿀 방법은
사실 없다. 왜냐하면 그 사정들이란 대개 기존의 삶이 제공하는
크고 작은 기득권과 관련한 것들이기 때문이다.

하지 않아야 할 일은 반드시 하지 않는 게 좋다.
마음의 평화를 위해.
해야 할 일은 때론 하지 않을 수도 있다.
역시 마음의 평화를 위해.

돈, 집, 직업, 아이 교육, 종교, 사랑 등 삶의 부문들에서 마련된 취향과 삶의 철학들이 모여 하나의 '생활양식'을 만들어낸다. 생활양식은 한 인간의 영적 성과이다. 기억할 것은 내가 지금 당장 마련할 수 있는 생활양식의 범주는 적어도 내가 생각하는 것보다 훨씬 크다는 사실이다.

신자유주의가 사악한 체제인 건 다수를 가난하게 만들 뿐 아니라, 삶과 관련한 모든 문제들을 경제라는 한 가지 기준으로 해석하고 가치를 매기도록 만들어 삶 자체를 소거해 버리기 때문이다. 신자유주의에 대한 저항은 경제적 불의와 싸움은 물론, 삶에서 경제 외의 다른 기준을 지키고 확보하는 싸움이다.

경제의 어원은 '살림'이다. 경제력이 있다는 건
돈을 많이 버는 게 아니라 돈의 쓰임을
조화롭게 하는 일이다.
삼성을 타도하는 가장 분명한 방법은 삼성을 진심으로
경멸하는 것이다. 삼성 직원인 동창을 부러워하지 않는 것,
동생이나 조카나 자식이 삼성 직원인 걸
은근히 자랑스러워하지 않는 것이다.

대한민국 국민들이 재벌들에 보이는 적개심이란 실은 한 뼘이라도 재벌에 가까이 가고 싶은 욕망의 비굴한 표현일 뿐일지도 모른다.

노동운동이 쇠락하고 있다고들 하지만 노동자의 자식이 자본의 가치관으로 키워지는 것, 노동자가 제 아이를 노동자로 키우지 않는 걸 교육의 목표로 삼는 것에 비하면 그런 걱정은 오히려 한가한 것이다. 아이들은 대개 노동운동을 적대하는 노동자, 혹은 노동자를 경멸하는 노동자로 키워지고 있다.

한국 정치가 복구 불능해 보일 만큼 썩었다는 건 사실이다. 그러나 한국 정치는 한국 사회의 거울이며 한국 정치인은 한국인의 거울이다. 우리에게 자성이 없다면 그들은 우리 앞에 불멸할 것이다.

많은 사람들이 오늘 한국 교회의 천박함이 천박한 목회자들 탓인 양 말한다. 그러나 한국 교회는 오늘 한국 기독교인들의 욕망에 최적화한 교회일 뿐이다.

이미 많은 사람들이 이야기해주었지만 여전히
처음 듣는 것 같은 이야기.
"돈으로 안락을 살 수 있지만 행복을 살 수는 없습니다."

내일(미래)을 걱정하느라 일생동안 오늘(현재)을 생략하는 어리석
은 삶이 자본주의가 만든 노예제다. 왜들 그리 체제 안에 못 들
어가서 그 안에서 한 칸이라도 못 올라가서 난리일까. 꼭대기까지
가봐야 부자의 상머슴 노릇인데. 오늘 하루 배곯지 않고 나를 믿
고 사랑하는 사람들과 대화하고 산책할 수 있다면 그게 바로 천
국인 걸.

사람은 걱정이 일상화하면 무엇을 걱정하는지 잊는 속성이 있다.
걱정하는 습관만 남아, 걱정을 걱정하게 되어버리는 것이다. 자본
주의는 말 그대로 '걱정으로 지배하는' 체제다. 자본주의는 끝없
이 걱정하게 만드는 것만으로 끝없이 지배한다. 자본주의 체제에
서 걱정 없이 살아갈 수 있을까. 불가능한 일일 것이다. 그러나 지
배당하지 않을 순 있다. 내가 지금 무엇을 걱정하는 건지 잊지 않
는다면. 질문을 멈추지 않는다면.

아이에게 가장 중요한 공부는
'마음껏 놀기'다.

세상의 오른쪽에 보수 부모들이 있고

왼쪽에 진보 부모들이 있다.

그리고 그들 아래에 가난한 부모들이 있다.

지배계급은 돈으로 승부가 나는 교육경쟁에서 손쉽게 일류대학을 제 아이들로 채워가고 있다. 불안이 아니라 탐욕으로.

보수적인 부모들은 단지 아이가 일류대 학생이 되길 바라지만 진보적인 부모들은 아이가 진보적인 의식을 가진 일류대 학생이 되길 바란다.

학원 다니느라 제대로 놀지도 못하고 시들어가는 아이들이 해방되어야 한다. 그러나 동시에 학원조차 다니지 못하는 가난한 아이들이 꿈을 되찾아야 한다.

아이가 주변적인 삶을 살지 않도록 하기 위해 분투하는 건
부모의 본능에 가깝다.
용기가 필요한 일은 아이가 제 나름의 이유로
주변적인 삶을 선택할 때조차 존중하고 지지하는 것이다.
대학을 가지 않고도 잘 살 수 있다는 생각을
시작하지 않는다면
대학을 가지 않고도 잘 살 수 있는 세상은 오지 않는다.

'사람은 대학을 가야 한다'는 말을 거부하기가 쉽지 않다면 '여자
는 시집을 가야 한다'는 말에 내가 어떤 태도를 갖는가를 참고로
삼을 수 있다. 후자가 전자보다 좀더 일찍 거부되기 시작했지만,
사실 우리 삶에서 두 말의 맥락은 같다. 우리는 언제나 '현실'의 이
름으로 강요되는 그런 말들 앞에 서며, 남들을 따라 순응하는가
내 스스로 사유하는가 사이에서 갈등한다.

'공부 못하는 아이'가 단지 입시공부에 재능이 없는, 다른 공부에
재능이 있는 아이이듯, '잉여'는 이 사악한 경제시스템이 쓸모를 인
정하지 않는, 다른 가능성을 가진 청년이다. 이 시스템에서 잉여로
살아가는 건 물론 불편한 일이다. 그러나 부끄러울 이유는 없다.

오늘 한국의 입시 장사가 부끄러운 장사인 건,
사람들의 불안감을 이용하는 장사이기 때문이다.

아이들은 경쟁만 아는 영악한 소수로, 그 소수를 위해 인생을 보내는 다수의 바보들로 자라간다.

한국에서 "영어를 잘해야 한다"는 강박은 실제 삶에서 영어가 얼마나 필요한가와는 무관하다. 유창하고 세련된 영어는 1퍼센트에겐 신분을 상징하는 수단이며, 99퍼센트에겐 1퍼센트에게 빌어먹는 수단이다.

자본주의 경제사는 있으되 문화사는 일천한 한국은 부르주아의 언어가 존재하지 않는다. 부르주아는 영어를 잠정적 제 언어로 선택했다. 부르주아의 자식들에게 유창한 영어는 신분의 표식이다.

교육이 무너진 건 '교육이 무엇인가'라는
질문을 잊었기 때문이다.

참새는 먹이를 발견했을 때 널리 알리지 않고 혼자만 먹으면 동료
들에게서 비난과 공격을 받는다고 한다. 아이를 참새만큼은 가르
치자.
한국 부모들은 대학 입시에 대해선 세계에서 가장 전문가들인데 대
학 안 가고 사는 방법에 대해선 세계에서 가장 무지하다.

교육의 목표는 '올바른 교육'이 아니라 '아이의 행복'이다.

부모의 일은 아이를 어떻게 키울 것인가를 고민하는 게 아니다.
부모의 일은 아이가 어떻게 크는 게 아이에게 좋을까를 고민하는
것이다. 아이 스스로 어떻게 크길 원하는지 발견하도록 돕는 것,
그리고 아이가 어떻게 크길 원하는지 늘 귀 기울이는 것이다.

모든 동물이 정성을 다하고 고생스럽게 제 새끼를 키우고 가르치
는 목적은 독립, 즉 새끼가 자신을 제대로 떠나게 하는 데 있다.

지금 행복하지 않은 아이는 미래에도 행복할 줄 모른다.
행복이야말로 공부다.

아이가 미래에 행복하기 위해 지금 덜 행복해도 된다는 생각처럼 위험한 게 없다. 오늘을 생략한 채 얻을 수 있는 미래의 오늘은 없다.

이렇게 많은 아이들이 휴대폰이나 운동화 따위에서 행복과 불행을 가르는('10대 마케팅'을 벌이는 자들에게 저주를!) 사회는 지구상에 없다. 이렇게 많은 아이들이 장래희망이 없거나 이렇게 많은 아이들의 장래희망이 연예인이거나 공무원인 사회도 지구상에 없다. 이렇게 많은 아이들이 자정이 넘도록 학원을 돌며 경쟁 기계로 키워지는 사회도 지구상에 없다. 이렇게 자란 아이들이 행복하게 살 수 있을까?

아이에게 가장 중요한 공부는 '마음껏 놀기'다.

대도시에 살아도 농적 상상력으로 사는 사람도 있고 귀농한 지 오래이나 대도시 회사원의 감성으로 사는 사람도 있다. 일반학교 다니는데 대안학교 다니듯 생활하는 아이도 있고 대안학교 다니지만 특목고 다니듯 생활하는 아이도 있다.

아이들이 행복하지 않은 세상에서
내 아이가 행복할 방법은 없다. 많이 가질 수 있을 뿐.

좀더 나은 세상을 만들고 싶어 하는 열정이 없는 사람이 좋은 부
모가 될 가능성은 없다.

아이를 지성인으로 키운다는 건 슬퍼할 일에 슬퍼할 줄 알고
분노할 일에 분노할 줄 알며
양심을 거스르는 행동을 했을 때
잠 못 이루는 능력을 길러주는 일이다.
지식은 그 다음이다.

이미 세상은 정보와 지식을 잔뜩 짊어진 채 아무런 직관도 용기
도 보이지 못하는 바보들로 차고 넘친다.

아이에게 개념만을 가르치는 건 그다지 어려운 일이 아니다. 이를
테면 한 아이에게 제국주의가 제3세계 인민들에게 얼마나 나쁜
짓을 했는지 똑 부러지게 말하게 만드는 데는 세 시간이면 족하
다. 그러나 아이에게 제가 감당하는 실제 세계(형제나 동무, 동네,
학교 등)에서 제국주의와 제3세계 인민들을 분별하고 행동하는
능력을 갖게 가르치는 데는 장구한 노력이 필요하다.

제도 교육이 사람을 무지에서 벗어나게 해주진 않는다.
다만 무지를 좀더 어려운 말로 표현할 수 있게는 해준다.

아이에게 양심과 정의를 가르치는 일이 아이의 인생을 망치는 일
이 되는 세상에서 만들어내는 모든 정신적 성취들(학문적 예술적
문화적 종교적)은 한낱 오물에 불과하다.

높은 스펙을 갖는다는 건 사회에 기여를 할 가능성이 크다는 뜻
인 동시에 사회에 해악을 끼칠 가능성이 크다는 뜻이기도 하다.
높은 스펙을 가진 사람은 그 자체로 위험한 사람이며 인성이 스
펙을 따라가지 못할 경우 정직하게 일하며 살아가는 대다수의 사
회성원들을 고통 속으로 몰아넣는 '괴물'이 된다.

한 번도 사회적이지 않던 사람들에게 주어지는 가장 큰 사회적 혜
택은 과연 공정한가.

세상을 파악하는 데 필요한 건 지식이나 정보가 아니라
제대로 된 눈, 즉 교양이다.

아무리 많은 지식과 능력을 가졌어도
자신을 들여다볼 줄 모르는 사람,
자신이 세상에서 제일인 줄 아는 사람처럼
불쌍하고 초라한 사람은 없다.

책이 인문학 공부에 유용하다는 건 부인할 수 없다. 그러나 책을
통한 인문학 공부는 인문학 공부의 가장 낮은 차원에 불과하다.

교양이 문화적인 지식이나 감정표현의 절제,
우아한 말과 행동 따위라는 생각은 봉건적이다.
교양이란 '사회적인 분별력'이다.
세상에서 일어나는 일의 옳고 그름을 따지고
그 뜻과 관계를 파악하는 능력, 그게 교양이다.
그걸 실천에 옮기는 사람이 '교양 있는 사람'이다.

사람이 양식 있게 산다는 건 양식 있는 어휘를 사용하는 게 아니라, 크든 작든 자신의 직접적인 이해가 걸린 일에 양식 있게 판단하는 것이다. 실은 그게 가장 어려운 일이고 그걸 지키는 사람들은 매우 적다.

유식하다 무식하다는 제도교육 학력과는 상관이 없다. 사회의 한 성원으로서 알아야 할 최소한의 것을 알지 못하는 사람, 그래서 자기 눈으로 세상을 볼 줄 모르는 사람, 그런 사람이 바로 무식한 사람이다.

갈수록, 아무것도 보지 못하면서 모든 걸 본다고 생각하는 사람들과 아무것도 말하지 않으면서 모든 걸 말하고 있다고 생각하는 사람들만 차고 넘친다. 세상은 안개에 갇히고 체제는 콧노래 부르며 힘을 더해 간다.

교양은 근대적인 사회에 주어지는 축복이면서
근대를 넘어서는 사회를 지향한다.
말하자면 교양은 그지없는 진보다.

보수적인 교양이란 존재하지 않는다.
보수란 사상이 아니라 그저 '욕망'이다.
남보다 더 가진 걸 내놓지 않으려는 노력이 사상인가.

언제나 그러하듯 보수는 오늘의 안락함을 포기하지 않고 극우는
오늘의 이권을 포기하지 않는다. 그러니 안 쓴다면 모를까 글쓰기
가 급진적이지 않을 도리가 있는가.

아이들, '아이'라 불리는 사람들은 '어른'이라 불리는 사람들의
영원한 선생이다.

아이들은 스스로 결론을 내려간다. 그들이 어른들과 다른 단 하
나는 제가 내린 결론을 지키는 일을 명예로 안다는 점이다. 어른
들은 모든 것을 알고 있고 모든 것을 지키지 않는다.

아이라 불리는 인간들이 어른이라 불리는 인간들과 가장 다른 점
은 "사는 게 다 그런 거지" 혹은 "세상이 다 그런 거지"라는 말을
하지 않는다는 것이다. 아이들이 희망인 이유.

존중한다고 해서 반드시 사랑하는 사이가 되는 건 아니지만 존중하지 않으면서 사랑할 순 없다.

아이에게 사과하는 일은 결코 쉬운 일이 아니며 미루거나 생략해도 큰 문제가 없어 보인다. 그러나 내적 존중, 즉 관계의 실체는 여지없이 파괴되어간다.

아이를 보며 종종 되새겨야 한다.
'나는 이 사람을 잘 모른다.'
아이를 잘 안다고 생각하는 데서 부모의 비극이 시작된다.

체벌은 어른의 교육적 무능을 자인하는 의식이다.

때리지 않고도 몇 십 명의 아이를 통솔하는 건

교사의 직업적 전문성에 속한다.

폭력을 사용하지 않고는 교육도 교수권도

수행할 수 없는 교사는 교사직을 포기해야 한다.

선생이 학생을 때릴 권리를 '교권'이라 부르는 일은 폭력으로나 권위와 가치를 유지하려는 파시즘이다. 교권이 '사랑의 매'를 전제로한다 해도 그 매가 사랑의 매인지 아닌지를 가장 정확하게 알아차릴 수 있는 건 역시 학생이다. 급우가 맞는 과정을 지켜본 학생들이 경찰을 불렀다면 그것은 더이상 사랑의 매가 아닐 가능성이많다. 양심과 정의를 가르치는 일이 학생의 인생을 그르치는 일이되는 마당에, 선생이 단지 선생이라는 이유로 똑같은 권위를 부여받는 것은 이치에 맞지 않다. 따져야 할 일은 선생과 학생 사이의권위적 질서가 아니라 인간(선생이라는)과 인간(학생이라는) 사이의 인격적 질서이며, 지켜야 할 건 '교권'(선생만의)이 아닌 '인권'(선생과 학생의)이다.

교사는 두 가지 가운데 하나만 가지고 있으면 된다.

따뜻하든가, 합리적이든가. 따뜻하지도 합리적이지도 않은

교사는 아이의 정신에 흠집을 낸다.

어떤 악랄한 파시즘 체제도
'탄압하기 위해' 검열하진 않는다.
모든 검열은 순진한 사람들을 '보호하기 위한' 것이다.

우리가 반대한다거나 해롭다고 말하는 것과 국가가 법적으로 금
지하거나 규제해야 한다는 건 전혀 차원이 다르다. 전자는 민주적
인 토론이지만 후자는 민주적 토론과 우리의 권리를 잃는 것이다.

우리는 종종, 아니 어쩌면 거의 언제나 '내 자식을 위하여'
자식을 괴롭히고, '내 애인을 위하여' 애인을 괴롭히며,
급기야 '내 국민을 위하여' 국민을 괴롭힌다.

청소년보호법은 국가보안법의 우량한 자식이다. 국가보안법이 국
가보안이라는 거스를 수 없는 당위를 내세웠듯 청소년보호법은
청소년보호라는 거스를 수 없는 당위를 내세운다. 그리고 국가보
안법이 이적성이라는 칼로 마녀사냥을 일삼았듯 청소년보호법은
유해성이라는 칼로 마녀사냥을 일삼는다.

부모들, 특히 오늘 부모들이 아이들을 키우는 모습은 영락없이 박
정희와 닮았다. 그들은 아이가 행복해지길 바라는 마음에서 아이
를 감옥의 수인처럼 키우며 아이를 보호하기 위해 순수하고 밝은
것이 아닌 모든 것을 금지한다. 재미있는 건 그들이 박정희를 매우
싫어할 뿐 아니라 박정희와 그 후계자들과 싸운 제 청년 시절에
굉장한 자부를 가진다는 사실이다. 제 아이에게 그저 박정희인 사
람들이.

진보적인 시민들은 체벌이나 억압적 교육 같은 권위주의 교육엔
단호히 반대하지만, 아이가 학원을 돌며 시들어가는 신자유주의
교육 상황은 '어쩔 수 없는 현실'로 받아들인다. 그들의 모습은 체
벌과 억압적 교육을 '어쩔 수 없는 현실'이라 말하던 독재자 시절
시민과 수십 년의 시차를 두고 빼닮았다.

폭력의 실체는 폭력 자체가 아니라 '이해관계'다.

폭력은 강자가 약자를 상대로 제 이해관계를 관철하는

가장 적극적인 방식이다.

폭력의 목적은 폭력이 아니라 '빼앗는 것'이다.

그래서 가장 극악한 폭력은

'폭력을 사용하지 않고 빼앗는 것'이다.

폭력성은 부모들이 걱정하듯 폭력적인 물건을 갖고 놀거나 익숙해져서 생기는 게 아니라 남보다 더 가지려는 욕심에서 생겨난다. 총을 잘 다루는 사람이 사람을 죽이는 게 아니라 누군가를 죽여서라도 더 가지려는 사람이 총을 사용하는 것이다.

10대 사망 원인 1위가 자살인 사회를 만들어놓은 사람들이
아직 살아있는 아이들에게 아이답게 말하길,
맑고 아름답게 말하길 요구하는 것보다
더 잔혹한 일이 있을까.

나는 청소년들에게 추하고 부도덕한 현실을 보이는 일이 그들의
정서 함양에 해가 된다는 의견에 전적으로 찬성한다. 이 나라의
성인들은 그들에게 곱고 바른 것을 많이 보여줄 의무가 있다. 문
제는 청소년에게 해를 주는 현실이 '예술작품 속의 현실'인가 '실
제 현실'인가 하는 점이다. 청소년들이 24시간 숨 쉬는 실제 현실
엔 어떤 도덕의 흔적조차 남아있지 않은 판에, '청소년을 위해' 소
설 한 편 영화 한 편 속의 도덕을 따지는 일이란 얼마나 우스운
일인가.

어른들이 할 일은 아이들에게
맑고 깨끗한 것만 보여주는 게 아니라,
맑고 깨끗한 세상을 만들어주는 것이다.

'아이들에게 맑고 깨끗한 것만 보여주어야 한다'는 강박은, 실은
매우 위험하다. 그런 강박으로 아이들을 가르친다면 아이는 추악
한 현실을 직시하지 못한 채 당하기만 하는 사람이 되거나 추악
한 현실에 같은 추악함으로 적응하는 비루한 사람이 될 것이다.
좋은 것만 본다고 좋은 사람이 되는 건 아니다. 아이는 나쁜 것을
보고 나쁜 것을 분별할 수 있는 능력을 배움으로써 좋은 사람이
된다.

남 겪는 걸 겪지 않고
남과 더불어 살 줄 아는 사람이 되긴 어렵다.

아이에게 미술작품을 설명하는 건
아이의 미술 감상과 맞바꾸는 일이다.

글쓰기 책을 읽는다고 해서 글을 잘 쓸 수 있거나 좋은 글을 쓸
수 있는 건 아니다. 글쓰기에 도움을 주는 건 느린 독서, 고독한
사색, 인간의 이면에 대한 관심 같은 것들이다. 그것들을 대체할
방법은 없다.

'널리 좋은 음악'과 '나에게 좋은 음악'은 다를 수 있다. '나에게 좋
은 음악'이란 무엇보다 '내 신체에 맞는 음악'이기 때문이다.

아이의 영혼은 느리고 의미 없는 시간에,
그윽하게 먼 산 보는 시간에 성장한다.
한국의 교육이란 아이들의 영혼이 성장할 시간을 1분 1초도
허용하지 않는 노력을 뜻한다.

어른이 되어서도 종교 활동을 하거나 이런저런
영성 프로그램을 구매할 수도 있지만, 영혼의 고단함을 잠시
위무할 순 있으되 영혼의 크기와 깊이는
좀처럼 바뀌지 않는다.

진정 종교적인 건
더이상 종교적일 필요가 없다.

겸손하지 않은 건 신앙이 아니다.

신앙을 갖는다는 건 나와 온 우주 만물이 한 몸으로 연결되어 있음을 받아들이는 것이다. 그것은 내 존재가 우주 만물의 일부일 뿐이라는 절대 겸손이자 내 신념에 우주 만물의 힘이 개입한다는 절대 용기다.

성숙한 종교인은 다른 종교를 '같은 산을 오르는 다른 등산로'라 여긴다.
훌륭한 신앙은 개방적일 수밖에 없다. 신앙은 신의 뜻을 온전히 따르려 하면서도 신의 뜻을 잘못 이해했을 가능성을 늘 염두에 두는, 신 앞에 겸허히 선 상태이기 때문이다.

우리가 신의 존재나 부재를 논증하는 것과 상관없이 신은 존재하거나 존재하지 않는다. 입증된 건 하나다. 인류 역사에서 신이 존재한다는 생각이 존재하지 않는다는 생각보다 훨씬 해로웠고 여전히 해롭다는 것.

한국에서 교회에 나간다는 건
신앙을 포기할 각오를 했다는 뜻이다.

하늘 무서운 줄 모르고 사는 유신론자도 있고 하늘의 이치에 순
응하며 사는 무신론자도 있다.
예수가 선포한 새 세상은 기독교인들보다는 오히려 기독교를 달
가워하지 않는 일군의 사람들, 사회주의자 무정부주의자 급진적
이상주의자들에게서 실천되고 구현되어왔다. 그들이 예수의 참제
자들.

회개란 교회에 안 나가던 사람이 교회에 나가는 게 아니라,
'삶의 방향을 뒤집는 것'이다.
물질의 부와 영혼의 부는 한 사람 안에서 동거할 수 없다.

나는 예수의 부활을 믿는다. 그러나 예수의 부활이 '단지 육체의
부활'이라면 예수는 그리스도가 아니라 인류 최고의 마술사일 뿐
이다. 우리는 마술사에 감탄하지만 존경하거나 신앙하진 않는다.

하느님의 절대성과 근원성을 드러내는 가장 완벽한 표현은
"하느님은 내 안에 있다"는 말이다.

대개의 사람들에게 신은 우리 삶의 외부에서 우리 삶을 관장하
는 절대적 존재다. 그런 신관은 종교를 사람을 해방시키는 게 아
니라 구속하는 도구로 만든다. 그러나 부처도 예수도 그 따위 신
은 없다고 했다.

하느님은 내 안에 존재하며 또한 모든 다른 내 안에 존재한다. 내
남편에게도 내 자식에게도 내 부하나 노예에게도, '내'라는 말을
붙이지 않는 모든 낯모르는 사람들에게도 하느님은 존재한다. 하
느님을 사랑하는 건 나를 사랑하는 일이자 동시에 모든 나를 사
랑하는 일이다.

예수는, 새로운 사회의 실체는 그 체제나 법 같은
형식이 아니라 그 사회 성원들의 지배적인
삶의 방향과 결에 있음을 되새겨 준다.

예수는 우리에게 올바로 살기 위해 고통과 헌신을 감수할 것을 요
구하지 않는다. 그는 우리에게 좀더 나은 세상을 만드는 일이 실
은 인생의 진짜 즐거움과 진짜 행복을 좇는 일과 관련되어 있음
을 알려 준다.

하느님은 복을 주신다. 하느님은 부자가 되고 싶어 안달하는 사람
에게 가난한 사람들과 연대하는 일이야말로 가장 큰 부임을 알게
하신다. 하느님은 명예를 얻고 싶어 잠을 못 이루는 사람에게 겸
손이야말로 가장 큰 명예임을 알게 하신다. 하느님은 권력을 얻고
자 눈이 빨개진 사람에게 섬기는 삶이 세상에서 가장 큰 권력임
을 알게 하신다.

예수는 사랑과 용서의 결정체인데 왜 사형당했을까?
예수는 사랑과 용서의 결정체이되 '사형당할 만큼 위험한'
사랑과 용서의 결정체인 것이다.

세상이 이만큼이라도 유지되는 건 오해와 멸시 속에서 묵묵히 인
간의 길을 가는 작은 예수들 덕이다.

예수는 개인 내면의 해방과 사회 구조의 해방이 하나라는 것, 그
둘이 분리되거나 한쪽이 배제될 때 결국 아무것도 얻을 수 없다
는 것을 가르친다.

정치적 해방만을 바라는 사람들에겐 영혼의 해방을 되새기고
영혼의 해방만을 바라는 사람들에겐 정치적 해방을 되새기는
예수의 방식은 사람들의 욕망을 거슬렀다. 예수는 이천 년 전
우리에게 해방을 가르쳤지만 우리는 이천 년째 예수에게 욕망을
요구한다.

지배 체제와 불화하지 않으면서,

아무런 오해와 곤경에 처하지 않으면서,

이쪽에서도 청찬받고 저쪽에서도 존경받으면서,

예수를 좇고 있다 말하는 건 가소로운 일이다.

그들은 실은 예수의 이름으로 제 말을 할 뿐이다.

사형은커녕 1년 내내 뺨 한번 맞을 일 없이 안락하게 살아가면서 예수 흉내로 세상의 존경과 명예를 구가하는 건 예수를 팔아먹는 짓이다. 자본주의를 지지하며 예수의 이웃사랑을 실천한다는 건 모순된 일이다. 예수의 이웃사랑은 '사회주의를 반대하는' 어떤 것이 아니라 '사회주의를 넘어서는' 어떤 것이다.

따가운 햇살 아래 성당으로 오르는 고급승용차들은 진입로에 주저앉은 보라색 스카프의 어머니들에게 끊임없이 비켜줄 것을 요구했다. 고급승용차 뒷좌석에 우아하게 들어앉은 저 귀부인은 자신이 지켜 가는 종교에의 신념마저 한여름 땡볕 아래 주저앉은 저 어머니들의 뚫린 가슴 덕에 가능함을 알고 있을까.

어설프게 수행한 사람일수록
사회 현실을 초월하는 경향이 있다.
예수나 석가가 인민 속에서 중생 속에서
부대끼며 살았던 건 수행이 부족해서가 아니었다.

역사적 격변 앞에서 얼치기 도사들은 '깨우침'으로써 비루하고 덧없는 현실을 '초월'한다. 그러나 예수나 부처와 같은 가장 위대한 성인들은 도리어 '깨우침' 이후에 그 비루하고 덧없는 현실에 자신을 녹여 넣곤 했다.

비루하고 덧없는 현실 속에, 그 비루하고 덧없는 현실에 얽매어 살아가는 보잘 것 없는 사람들의 서러운 가슴 속에 우주와 생명의 이치가 있다.

'죄는 미워하되 사람을 미워하지 말라'는 말은 '사람을 미워하지 말되 죄는 미워하라'는 뜻이다. 우리는 끝내 용서하되, 먼저 분명히 분노해야 한다. 분노와 용서는 하나다.

폭력에 위협당하고 있지 않다면
비폭력주의자가 아니다.

'폭력은 나쁘다'는 말은 하나마나한 말이다. 어떤 극악한 폭력주의
자도 '폭력은 좋은 것'이라고 말하지 않기 때문이다.

진정한 비폭력주의는 일 년 내내 뺨 한 번 맞을 일 없는 삶을 살
아가는 사람들이 지긋이 눈을 내려깔고 설파하는 게 아니라, 폭
력의 현장에서 그 폭력에 함께 노출된 사람들만이, 분노와 원한
을 넘어 이루는 숭고한 경지다.

평화는 깨지고 흐트러진 세상의 조화를
회복하려는 노력이다.
그래서 평화는 단지 온화한 미소가 아니라
종종 분노와 함성을 수반한다.

생명평화운동이 정치운동의 외양을 띄지 않는 이유는 정치운동보
다 온건해서가 아니라 정치운동으로 담을 수 없는 급진성을 갖기
때문이다. 정치운동보다 온건한 생명평화운동은 중산층 인텔리의
여가나 전원 취미에 봉사할 뿐이다.

평화란 많은 사람들이 생각하듯 어떤 무작정하게 조용하고 온순
한 상태가 아니다. 평화란 '온 세상이 잃어버린 조화를 회복하는
것', 억압과 착취와 불평등이 사라지고 모든 사람이 인간적인 조
화를 회복하는 것이다. 평화를 위한 노력이야말로 가장 소란스럽
고 가장 사나운 것일 수 있다.

영성은 합리성의 범주를 넘어서는 것이지
합리성에조차 못 미치는 게 아니다.

내 밖의 적과 싸우는 일이 혁명이라면
내 안의 적과 싸우는 일이 바로 영성이다.

예수의 변혁, 즉 하느님 나라 건설은
당연히 정치적인 변혁을 수반한다.
그것을 궁극의 목표로 하지 않을 뿐.

기도하지 않는 혁명가가 만들 새로운 세상은 위험하며,
혁명을 도외시하는 영성가가 얻을 건 제 심리적 평온뿐이다.

오늘 우리의 문제는 영성을 도외시한 혁명도,
혁명을 도외시한 영성도 아닌, 혁명과 영성의 자리를
수다와 상업주의적 짜증이 대체해버렸다는 것이다.

우리는 강이나 산만 생태가 아니라 록음악의 열정에
솟구쳐 오르는 10대들의 몸뚱이도 여름 햇볕에
까맣게 그을린 아이들의 천진스러운 얼굴도
생태의 한 풍경이라는 걸 이미 잊어버린 걸까.

모든 갓난아이들이 20년 동안 오로지 대학입시라는 이름의 '계급 결정시험'만을 위해 살도록 정해진 대인국에서 바로 그 '계급 결정시험'을 목전에 둔 10대라는 소인들이 춤을 춘다. 그들의 적은 그들을 뺀 전부이며 그들은 댄스로 록을 한다. 끝없이 탈출하고 무작정 저항한다. 그들은 예술의 사회성을 모르며 역사적 전망을 모르며 어떤 종류의 전략도 가지려 하지 않는다. 그리고 그들은 록정신을 모른다. 하지만 그들은 록정신으로 충만하다. 그들의 댄스를 막지 마라.

"힘 내!"라고 쉽게 말하는 건, 남의 일로 생각한다는 뜻이다.

고통스러워하는 사람에게 위로의 의미로든 충고의 의미로든 고통의 객관성(더 고통스러운 사람들을 생각해봐, 따위)을 말하는 건 어리석은 일이다. 고통엔 현재성이 있을 뿐이다.

가짜 위로를 비판하는 건 너무나 당연한 일이다.
그러나 가짜 위로를 비판하는 일이
진짜 위로를 낳진 않는다.

많은 경우에, 다른 이의 고통에 연대하는 최선의 방법은 침묵과 절제다. 침묵 없이는 잘 말할 수 없고 절제 없이는 잘 행동할 수 없다. 그러나 말해야 할 순간에 침묵하고 행동해야 할 순간에 절제하는 것처럼 비굴한 일은 없다.

나눔은 적선이나 자선이 아니라,
적선과 자선이 없는 세상을 만드는 일이다.
나눔은 남보다 많이 가지고 남은 걸 나누어주는 게 아니라
남보다 많이 가지지 않으려 노력하는 것이다.

나눔은 고통에 처한 사람에 대한 연민에서 시작하지만, '연민에만
그칠 때 나눔은 사람을 '불쌍한 사람'과 그 불쌍한 사람을 돕는
'훌륭한 사람'으로 역할을 나누어서 벌이는 기괴하고 우스꽝스러
운 쇼로 전락한다. 아주 많은 사람들이 그 쇼에 참여함으로써 그
런 고통스러운 현실에 자신의 안온한 삶이 관련되어 있을지도 모
른다는 지적 의심을 씻어낸다.

이 세상에 불쌍한 아이는 없다.
우리가 미안해해야 할 아이가 있을 뿐.

약자의 편에 선다는 것이 유별나고 특별한 행동이 아니라
단지 당연한 공평함을 회복하려는 노력일 뿐.

파렴치한 행동이 평범한 것이 되고 정상 범주의 행동이 특별한 것
이 될 때 그 사회는 괴멸 직전에 있다.

유토피아는 점심을 거르는 아이들을 알면서도 오늘 점심은 뭐로
때우나 고민하는 시민들의 구차한 삶 속에도, "사람만이 희망"이
라는 전직 혁명가의 새삼스러운 외침 속에도 없다. 유토피아는
'아무 것도 아닌' 준법서약서 한 장 못 쓰고, 아들을 기다리는 칠
순 어머니에게 "오래 사셔야 돼요."라고 말하는 내 동갑내기 장기
수의 영혼 속에, 사람들이 '미망'이라 비웃는 그 고결한 영혼 속에
나 있다.

나쁜 구조 덕에 안락을 얻는 사람은 그 구조와 분명히
마주서지 않는 한 나쁜 사람이 되게 되어 있다.

가난한 사람은 왜 생기는가? 남보다 많이 가진 사람이 존재하기
에 생긴다. 하느님 앞에서 부자는 합법적으로 이룬 부라 해도 가
난한 사람이 존재하는 한 죄인인 것이다.

남보다 호사를 누리는 게 자랑이 아니라 머리를 긁적이게 하는,
대개의 사람이 그 정도의 양식을 갖춘다면, 천국에 다가간 게 아
닐까.

내 가슴이 뛰지 않는다면
내 정치가 아니다!

스스로 해방된 자만이 싸울 수 있고 싸우는 자만이
해방될 수 있다.

어떤 졸렬한 인간도, 억압과 싸우는 순간 가장 순결해지는 것. 우
리가 사람인 이유이자 역사에 절망하지 않는 이유다.

다른 세상을 꿈꾸는 사람의 영혼은 이미
다른 세상에 살고 있다.

이상주의자의 시효는 이상주의적 사회가 만들어졌다고 선언되는
순간까지다. 그 순간부터 이상주의자의 역할은 이상주의적 사회
의 훼손에 있다. 이상주의적 사회란 그런 사회를 만들기 위해 싸
우는 사람들 속에 유동적인 형태로 존재한다.

억압에 순응하는 사람들이 있기에 억압은 존재한다.
불의한 사회체제를 유지하는 더 근본적인 힘은 바로
인민의 비굴과 무기력이다.

남에게 속아 온 사람은 진실을 아는 것만으로도 정신을 추스르
지만 속임의 구조가 내면화한 사람은 좀처럼 정신을 추스르기 어
렵다.
오늘 인민은 매우 어리석고 탐욕스럽다. 신자유주의에 쩌들고 지
배체제의 오랜 대중조작의 결과라지만 어쩌됐든 오늘 인민은 분
명히 그렇다. 인민의 순수함과 건강성을 바란다면 지금 당장은 그
사실을 아프게 인정해야 한다.

이념 공세에 관련하여 잊지 말아야 할 것은, 우리가 지레 필요 이
상으로 위축될수록 저들의 힘과 권위가 배가된다는 것이다.

민주주의란 무엇인가?

극소수가 사회적 부의 대부분을 차지하고,

다수의 사회 성원들이 열심히 일해도 살기 어렵고

불안한 사회는 민주주의가 아니다.

사랑에 폭력이 공존할 수 없듯 민주주의엔

신자유주의가 공존할 수 없다.

정권 교체가 될 것인가를 고민하는 일보다 먼저 할 일은 내 마음의 정권을 세우는 것이다. 내 마음에는 어떤 정권이 세워져 있는가. 사회를 운영하는 이상과 원칙은 무엇이며 궁극적으로 어떤 사회를 지향하는가. 지금 당장은 어떤 사람들의 어떤 현실들을 우선시하는가. 그 정권엔 영혼이 있는가. 나는 그 정권을 사랑하는가.

이른바 '정권교체조차 어려운 현실'이 낳는 가장 큰 비극은 정권교체가 그 현실적/상대적 의미를 벗어나 그 자체로 목적이 되는 것이다. 그래서 정권교체 이상의 모든 급진적 사유와 경향들이 소멸하고, 정권교체가 되든 안 되든 상관없이 변화의 가능성을 잃은 사회가 되는 것이다.

네 이념대로 찍어라. 한국사회가 더할 나위 없이 만족스럽다면 가장 반동적인 보수후보를 찍어라. 한국사회의 표면적 악취라도 우선 덜고 싶다면 가장 개혁적인 보수 후보를 찍어라. 그러나 한국사회의 보다 근본적인 변화를 진지하게 바란다면 (당선 가능성을 절대 기준으로 한 이런저런 되지 못한 정치평론일랑 걷어치우고) 그저 가장 진보적인 후보를 찍어라. 진보에 외상은 없다. 네 이념대로 찍어라.

현재의 세상을 수용하며 그 안에서
더 나은 삶을 살아보려 애쓰는 사람과,
다른 세상을 꿈꾸며 제 삶에서
꿈꾸는 세상의 편린들을 구현해내려 애쓰는 사람은
전혀 다른 삶의 힘을 갖는다.

사회 변화엔 두 가지가 있다. 진정한 변화와 변화를 막기 위한 변화. 후자를 개혁이라고 부른다. 우리가 개혁을 경계하는 건 개혁이 갖는 현실적인 의미를 무시하는 게 아니라 그 의미에 집착할수록 어느새 진정한 변화를 포기하게 되기 때문이다. 물론 그것이야말로 개혁의 본디 목표다.

개혁은 수구보다 좋은 것이다. 개혁은 최소한의 경제적 안정과 교양을 가진 사람들의 삶에서 파시스트의 악취를 가시게 한다. 그러나 개혁은 그런 최소한의 안정조차 얻지 못한 사람들, 파시스트의 악취가 가시는 것으로는 그다지 달라질 게 없는 노동자 인민의 삶을 유린한다.

문제는 자본의 탐욕 자체가 아니라 자본의 탐욕이 사회적으로 발현되는 방식이다. 국가가 그걸 관리하는가, 길을 놓는가다.

체제 내의 운동은 운동의 후방이나 외곽이 아니라
체제의 도구다.

진보적 양식이란 먹고사는 데 별 걱정이 없는 중산층 엘리트들이
자신들에게 필요한 변화를 모두의 변화라 과장하는 게 아니라,
자신들에겐 충분한 변화더라도 대다수 인민들에게 변화가 아니라
면 변화가 아니라고 말하는 것이다.

사회적 비판은 그 사회에서 가장 악한 세력이 아니라
'그 사회의 변화를 가로막는 가장 주요한 세력'에
집중되어야 한다.

가장 심각한 악은 '은폐된 악'이다.

부자란 다른 사람들의 몫을 더 많이 차지한 사람이다. 그런데 착한 부자는 다른 사람의 몫을 차지하는 것도 부족해서 그들의 착함까지 차지한 사람이다.

가난한 사람들이 더이상 착하지도 않고 부자와 마찬가지로 탐욕스럽다고들 한다. 자기 몫을 빼앗긴 사람이 착하기까지 해야겠는가.

자본주의에서 자유란 어디에나 진열되어 있지만
돈이 없으면 구매할 수 없는 상품이다.

주인이 빠진 민주주의는 좀더 교활한 독재일 뿐이다.
이 나라가 이 꼴이 된 건
데모하는 사람이 적어서일 순 있어도
투표하는 사람이 적어서는 아니다.

넘어서야 할 벽 앞에서 아직은 때가 아니라고,

혹은 넘어가본들 무엇이 있겠냐며 멈춰 서서

새로운 세상을 이야기 하는 것이야말로 사기이거나 개꿈이다.

현재에 대한 비판이 없다면 대안도 없다. 현재에 대한 비판은 대안의 첫걸음이다. '대안 없는 비판'이라는 비판은 실은 어느 누구도 대안의 첫걸음도 떼지 못하게 하기 위해 살포되는 체제의 주문呪文이다.

옛날엔 '그 사람은 너무 현실적이야'라는 게 욕이었는데 이젠 '그 사람은 너무 비현실적이야'가 욕이 되었다. 이런 사회에서 현실은 절대 변화하지 않는다. 현실은 오로지 '비현실적 상상'을 통해서만 변화하기 때문이다.

우리는 혁명이 아닌 것, 혹은 혁명의 일부에 불과한 것을 혁명이라 믿었고 그런 믿음에 대한 실망과 좌절은 당연한 것이었다. 그런데 우리는 비굴하게도 그걸 혁명 자체에 대한 회의로 돌려버린다. 우리가 할 일은 혁명을 회의하는 게 아니라 그런 역사적 경험을 통해 얻은 반성과 통찰을 혁명에 부어 넣는 것이다. 그래서 혁명을 아름답게 만드는 것이다.

방관처럼 결정적인 공범도 없다. 행동해야 한다.

사람들은 지난 올바름은 알아보지만
지금 올바른 건 잘 알아보지 못한다.
그래서 가장 올바른 삶은 언제나 가장 외롭다.
그 외로움만이 세상을 조금씩 낫게 만든다.
어느 시대나 어느 곳에서나 늘 그렇다.

지나간 역사, 다른 나라의 현실에서 명예를 선택하긴 쉽다. 게바라
와 부사령관 마르코스가 애호되는 건 그래서다. 그러나 오늘의 현
실, 지금 여기의 역사에서 명예는 불편하거나 종종 적대시된다. 그
선택이 제 밥그릇과 안락에 닿아있기 때문이다.

살아남은 현실주의자들은 죽어간 원칙주의자의 정신을
훔쳐 먹으며 연명한다.

자본주의 자체를 문제 삼지 않는 일체의
합리적 현실적 노력은 합리적이지도 현실적이지도 않다는
단정한 생각만이 합리적이며 현실적인 노력의 출발점이다.

박정희 전두환 시절에도 마음껏 뛰어놀던 아이들이 감옥의 수인
처럼 학원을 돌며 시들어가는 생지옥을 만든 건 독재도 군사파시
즘도 아닌 신자유주의다.

자본주의가 인류가 선택할 수 있는 최선의 체제라면 인류는 이쯤
해서 지구를 (자연의 자정능력을 가진) 동물들에게 돌려주는 게
낫다.

현실이 어려울수록 더 철저히 현실적이어야 한다.

그러나 현실의 볼모가 되는 것보다 더 비현실적인 것은 없다.

대개의 동물은 과거의 기억이나 미래에 대한 계획보다는 현실을 그 자체로 대면하며 살아간다. 그러나 인간, 특히 자본주의 하의 인간은 현실을 그 자체로 대면하는 걸 거의 본능적일 만치 두려워한다. 인간이 '현실적인 선택' '현실적인 방법'이라 말하는 것들은 실은 그 두려움을 회피하려는 안간힘이다. 인간은 현실을 그 자체로 대면하는 모든 시도를 '비현실적이야!'라고 비난한다. 두려움에 젖은 얼굴로.

사람은 대개 보고 듣는 것을 믿는 게 아니라 자기가 원하는 것을 믿는다. 믿는다는 건 실은 욕망을 드러내는 또 다른 방식인 것이다. 교양인을 자처하는 많은 사람들이 입만 벌리면 자본주의의 비인간성을 말하지만, 자본주의 사회가 극복될 수 있다는 건 좀처럼 믿으려 하지 않는다. 실은 그들은 원하지 않는다.

자기 정당성을 위해 자기 자신을 속이는 일이야말로
인간의 유서 깊은 본능이다.

내 문제를 상대에게 떠넘기는 가장 교활한 방법은 내 문제를 '우리
의 문제'로 삼는 것이다. 이 방법이 가장 교활한 이유는 상대는 물
론 나마저 속일 수 있기 때문이다.

담배를 끊는 가장 좋은 방법은 '그냥 끊는 것'이다. 나머지 방법
들은 실은 담배를 끊는 방법이 아니라 담배에 대한 미련을 표현
하는 방법들이다.

철이 든 사람이라면 누군가를 험담할 때 그에게서 내 부끄러운 모습을
발견한 건 아닌지, 그걸 감추고 싶어 이러는 건 아닌지 반추하게 된다.
그런데 유독 정치적 험담만 예외다. 모든 정치적 험담은 정치적 비판으
로 미화되곤 한다. 그런 풍경은 두 가지 사실을 알려준다. 매우 많은
사람들이 정치적 부끄러움에 시달리고 있다는 것, 어떻게든 그걸 감추
고 싶어 한다는 것.

민주화의 성과는 자본에게 돌아갔고
장사꾼의 심성에 물든 사람들은 부끄러움을 잃어간다.
아이들은 단지 상품으로 길러지고 있다.
세상은 초토화되고 있다.

군사파시즘은 억압과 폭력으로 우리를 다스렸지만 자본의 파시
즘은 우리에게 자본의 욕망을 심어서 스스로 복종하게 만든다.
파시즘의 요체는 억압이 아니라 '대열'이다. 억압은 저항하는 극소
수에게만 필요할 뿐 나머지는 대열이면 족하다. 파시즘이 물러간
후 그 습성은 대개 자본의 차지가 된다. 월드컵의 대열이 대개 삼
성전자와 에스케이의 배를 불렸듯이.

옛 파시즘은 리얼리즘을 탄압함으로써 차단했지만
오늘 자본의 파시즘은 리얼리즘에 대한 관심을 없앰으로써
리얼리즘을 차단한다.

계급을 인정하든 부인하든 계급이라는 말을
알든 모르든 상관없이 누구나 계급에 속해 있다.

'계급의식'은 단지 우리가 살고 있는 세상을 있는 그대로 보기 위한 최소한의 준비다.

계급이라는 말도 자본주의 극복이라는 말도 터부시할 아무런 이유가 없다. 아니 오히려 자본주의 사회에서 줏대를 갖고 살려면 반드시 챙겨야 할 말들이다. 비 오는 날 우산을 챙기듯.

대중들이 계급이라는 말에 거부감을 가지니

계급이라는 말을 폐기하자는 주장은,

사랑이 메마른 세상이니

사랑을 폐기하자는 주장과 다를 바 없다.

세상은 '나쁜 놈과 좋은 놈'이라는 도덕적 차이로 구분되는 게 아니라, 어떤 계급의 편인가의 이념적 차이로 구분된다. 계급 사회에서 모든 계급에 나쁘거나 모든 계급에 좋은 것은 존재하지 않는다. 심지어 〈조선일보〉처럼 계급을 막론하고 사악해 보이는 신문도 어떤 계급에게는 천사와 같다.

물론 생명은 계급보다 근본적인 개념이지만 오늘 소비적 산업주의라는 반생명 문화의 시원을 따져보면 결국 소수의 지배계급이 대다수 인민들을 착취하는 계급 체제이며, 그 해결 역시 계급의 맥락에서 진행될 수밖에 없다.

세상은 민족이나 국가로 구분된다고 생각하는 사람이 있고
계급으로 구분된다고 생각하는 사람이 있다.
그러나 한국처럼 세상은 계급으로 구분된다는 생각이
소홀하게 여겨지는 사회는 없다.

오늘 아침 농성장에 출근하는 노동자와 반성하지 않는 자본가가
굳이 같은 민족이어야 할 이유는 무엇인가? '한국'이라는 테두리
안에 사는 사람은 무조건 같은 민족이라는, '한국'이라는 테두리
안에서 생겨나는 것은 모두 민족적인 것이라는 생각이 재앙을 부
른다.

'국익'은 지배계급이 제 이익을 속여부르는 말이다.

오늘 20대는 모두 88만원세대인가? 그렇진 않다. 그 중엔 소수의
88억세대가 오히려 그 어느 때보다 안정적으로 존재한다. 대다수
의 20대가 88만원 세대가 되어야 하는 이유 또한 소수의 88억세대
가 그 어느 때보다 안정적으로 존재하기 때문(혹은, 존재하게 하
기 위해서)이다. 인텔리들이 계급이라는 말을 폐기하려는 경향과
는 아랑곳없이 계급적 격차는 더욱 더 벌어지고 있다.

통일보다 중요한 건 통일이 누구에게 사용되는가다. 통일은 한줌
의 남북 지배세력에게 사용될 것인가 전체 남북 민중들에게 사용
될 것인가. 분단을 사용해온 세력에게 통일마저 사용하게 한다면
더이상 민족의 미래는 없다.

예수의 관심은 유대 민족 전체가 아니라
가난하고 죄인 취급받는 사람들에 있었고
그가 설파한 하느님 나라는 바로 그들이 인간적 위엄을
회복한 세상이었다.
그들을 억압하고 착취하는 지배자가 이방인인가
동족인가는 예수에게 전혀 중요하지 않았다

노동자가 사람 대접받는 세상은 자본가가 비로소
사람 되는 세상이기도 하다.

행복은 경쟁이 아니라 관계에서 온다. 경쟁에서 뒤쳐져 불행하다
생각하는 사람이나 경쟁에서 이겨 행복하다 생각하는 사람이나
불행하긴 매한가지다.

더할 나위 없이 효성스런 자식 덕에 세상에 부러울 게 없던 부자
가 어느 날 불현듯 생각한다. '내 자식이 나에게 이리도 잘하는 건
내 재산 때문이 아닐까?' 그 부자는 그 순간 꼼짝없이 지옥에 입
장한다. 뭐 하나 내세울 게 없는 개털 아비가 어느 날 누군가에게
서 자식이 한 이야기를 전해 듣는다. '우리 아버지가 가난한 이유
는 그가 자신만을 위해 살아오지 않았기 때문이다. 나는 우리 아
버지를 존경한다.' 개털 아비는 그 순간 천국에 입장한다.

말은 분명히 맞는 것 같은데 아무래도
비현실적으로 느껴진다면,
바로 그게 가장 현실적인 선택일 가능성이 높다.

사람의 삶에서 현실적인 것과 비현실적인 것을 선택하고 행동하는 건 매우 중요하다. 그러나 더 중요한 건 사람으로서 당연히 해야 하는 것을 선택하고 행동하는 것이다. 그런 선택과 행동이 모이고 쌓여 모든 비현실적인 것들을 현실로 바꿔낸다.

그 보잘것없이 보이는 적은 사람들의 끈기 있는 노력에 의해 꿈쩍도 하지 않을 것 같았던 세상은 결국 변화하고 그 변화의 성취는 그들을 비웃고 조롱한 사람들에게까지 고루 나누어진다. 세상의 변화는 늘 그랬고 지금 이 순간 역시 그렇다.

세상은 그렇게 '불편한 진실이 상식이 되는' 과정을 통해 나아간다. 아무리 비현실적이고 아무리 쓸모없어 보인다 해도 그들의 행동이 이타적 경향을 가진다면 우리는 존중심을 가져야 한다.

역사가 보여주듯, 올바른 사회적 선택이 다수를 점하는 건
단지 '최후의 결정적 순간'뿐이다.
진정 현실적인 것은 언제나 비현실적으로
느껴지는 것들 가운데 있다.

'비현실적'이라는 말은 많은 경우 현실이 주는 불안감에 짓눌려 현
실에 눈을 감은 다수가 현실을 여전히 직시하려는 소수에게 느끼
는 불편함의 표현이다.

"지나치게 원칙주의적"이라는 말은 대개 '원칙을 포기하는 걸 부끄
러워하고 싶지 않아 하는' 심리의 반영이다.

지나친 이상주의는 현실적 조응력을 잃고 소수의 관념놀이가 되
어버리기도 한다. 그러나 지나친 이상주의보다 위험한 것은 이상
주의가 사라지는 것이다.

운동은 시절을 거스름으로써 시절을 이끈다.

초라한 운동이 다 진보적인 건 아니지만,

진정으로 진보적인 운동은 대개 당대에 초라하다.

모든 역사적 성취들은 성취가 가시화하기 직전까진 언제나 '불가능한 꿈'이었다.

현실을 조금이라도 변화시킬 수 있는 길은 '아직 현실이 아니기 때문에' 언제나 비현실적이라 느껴질 수밖에 없다.

공멸하지 않는다면 자본주의 역시 결국 극복될 것이다. 믿겨지지 않는가. 그렇다면 잠시 눈을 감고 중세의 암흑 속으로 들어가 보자. 자, 근대사회가 올 거라 믿겨지는가?

세가 작아서 내 지지가 비현실적인 게 아니라
내가 지지하지 않아서
세가 작고 비현실적인 것이다.

우리 힘은 우리 외부에서 제공되는 게 아니라 '나'의 참여로 만들
어진다. 내가 참여할 만한 상태가 되기를 기다리는 한 그런 상태
는 영원히 오지 않는다.

우리는 이미 이 사회의 모든 중요한 변화들을 우리 힘으로 만들
어왔다. 우리의 결핍은 단지 하나다. 우리가 정치의 주인임을, 우리
가 세상의 주인임을 인정하지 않으려는 오래된 습관.

아무 것도 위협하지 않는다면 아무 의미도 없는 것이다.

외치는 놈 저항하는 놈 다 누를 수 있어도 끊임없이
꼼지락거리는 놈을 누를 방법은 없다.

아무 것도 위협하지 않는 현자보다는 시시한 것 하나라도 위협하
는 활동가가 백배 낫다.

제아무리 급진적인 언어라도 체제와 정치적 갈등을 일으키지 않
는다면 급진적인 게 아니다. 그것은 대개 불필요하게 많이 배운
사람들의 '세계적인' 급진적 술자리 안주일 뿐이다.

정치적 혁명성은 '주장'되는 게 아니라
지배체제에 의해 '증명'된다.

인텔리들은 뭐가 옳은가를 해명하느라, 아무 것도 안 하는 경향이
있다. 정당함을 설명하는 게 아니라, 정당한 일을 해야 한다.

소수자 운동은 급진적이지 않을 때 동정과 시혜를 기다리는
구차한 몸짓이 된다.
'우리만의 해방'을 믿는 운동은 어떤 절실한 사정을 담더라도
복수극에 불과하다.

페미니즘의 목표는 남성의 권력을 빼앗아 남성이 누리던 것을 누
려보는 게 아니라, 남성적 가치관으로 망쳐놓은 세상을 여성적 가
치관으로 살려내는 것이다.
좌파 남성들이 그들 가운데 실재하는 '성차별주의자'를 분별하고
페미니스트 여성들이 그들 가운데 실재하는 '부르주아'를 분별할
때, '숙명적 긴장'은 '숙명적 우애'로 바뀔 수 있다.

최악의 대형교회는 대형교회가 되고 싶어 안달하는
소형교회다.

불가능한 변화는 없다. 느린 변화가 있을 뿐.
그 현실은 우리가 만든 것이고 우리가 변화시킬 수 있는
것이기도 하다.

어릴 적 인권을 보장받지 못했던 사람들이 아이들의 인권에 대해
생각하게 된 걸 보면 인류가 진보하는 건 사실이다.

6월 항쟁이 군사 파시즘을 무너트린 게 아니라 사람들의 변화가
6월 항쟁으로 표현된 것이다.

억압과 싸우는 사람에게
성찰보다 중요한 건 없다.

불편하지 않은 진실이 있다면, 아마 그것은 진실이 아니거나
진실의 전모를 덮기 위해 그 일부만 드러내려는
술수일 것이다. 모든 진실은 언제나 불편하다.

낙관주의는 비관적인 현실을
비관적으로 보는 데서 출발한다.
비관적인 현실을 낙관적으로만 보는 것처럼
극단적인 비관주의는 없다.

우리가 진정한 어떤 것들을 놓치는 감정의 경로는
적대감이나 반감이 아니라 꺼려짐이나 찜찜함 같은 것이다.

대안은 아직 도래하지 않은, 경험되지 않은 것이다. 그런데 어떻게
마냥 밝고 진취적일 수 있겠는가. 대안 앞에서 우리는 오히려 두렵
고 불안하다. 그러나 더는 이렇게 살아선 안 되겠기에, 그 극단적
비현실성 너머로 발걸음을 떼는 것이다.

밝은 얼굴로 아직 희망이 있다, 고 말하는 사람을 보면 이 사람은
희망에 대해선 관심이 없구나 하는 생각이 든다. 확신에 찬 얼굴
로 신은 있다, 고 말하는 사람을 보면 이 사람은 신에 대해선 관
심이 없구나 하는 생각이 든다.

이상주의자는 그 이상 때문에 단순해지는 속성이 있다. 그 단순
함은 다시 이상주의를 단순하게 만들고 혁명을 단순하게 만든다.
그럴 때 필요한 게 인간과 세계에 대한 혐오다. "이렇게 가망 없는
인간들을 상대로 대체 내가 뭘 하겠다는 거지?" 이렇게 중얼거릴
줄 모르는 이상주의자는 경박하다.

비판력이 있는 사람은 포용력이, 포용력이 있는 사람은
비판력이 모자라기 쉽다.

일흔의 몸에 스물의 정신을 가진 청년이 있고
스물의 몸에 일흔의 정신을 가진 노인이 있다.

몸이 늙는 건 숙명이지만 정신이 늙는 건 (온갖 요사스런 핑계와
그럴싸한 설명에도 불구하고) 선택이다.

더는 비현실적인 것을 상상하지 않고
더는 누구도 마음깊이 사랑하지 않을 때
영혼의 죽음을 맞는다.
상상과 사랑에 가차 없어야 한다.

폭압의 시절에 좌파는 좀더 현란했어야 했다.

그러나 훗날 이 현혹의 시절을 돌이키며 우리는 말할 것이다.

좌파는 좀더 고전적이었어야 했다.

1985년, 한 청년이 운동권에 들어오면 '시각 교정'을 하는 데만 꼬박 3개월이 걸렸다. 그리고선 비로소 사회의 구조와 모순에 대해 하나씩 공부하기 시작했다. 2005년, 한 청년이 시각 교정은 물론 사회의 구조와 모순을 완전히 공부하는 데는 3분이면 족하다. '수구기득권세력'과 '조중동'이라는 말만 외우면 되는 것이다. 슬프게도, 한 청년이 "사회의식을 갖게 되었다"는 말은 "바보가 되었다"는 말과 갈수록 같아지고 있다.

성찰이 없는 분노는 거대한 카타르시스일 뿐이다.

제아무리 비극적인 사건이라 해도 시간은 어김없이 분노의 열기를 식힌다. 식혀진 분노는 오로지 성찰로만 지속된다. 성찰이 사라지면 분노도 사라지며 분노가 사라지면 진실은 묻힌다.
뜨겁기만 한 분노는 결국 식기 마련이다. 그러나 부러 차갑게 식힌 분노는, 뜨거움을 내 이성과 사유에 새긴 차가운 분노는 독하게 지속된다.

지성이란, 분노의 열기와 집단적 감성에 젖어 단순해져만 가는 사람들 앞에서 '오해와 불편을 무릅쓰고' 문제의 본질을 환기하는 것이다. 지성은 분노에 질문함으로써 소중한 분노가 소모되어 버리지 않도록 돕는다.

사람은 종종 냉정하게 자신을 되돌아봐야할 순간을
회피하기 위해 용이한 열정에 빠져들곤 한다.
이성을 생략한 분노는 비극을 재생산한다.

운동이란 그 운동에 이미 동의하는 사람들끼리의 카타르시스가
아니라, 그 운동에 아직 동의하지 않는 사람들의 마음을 움직여
세를 늘림으로써 세상을 바꿔나가는 일이다. 그러므로 모든 사람
이 대열에 서서 일사불란하게만 움직인다면 이미 죽은 운동이다.
운동에 수반하는 문제와 이면들을 질문하고 토론하는 일은 전선
을 명료하게 만들고 운동의 생명력을 만들어낸다.

거의 모든 사람들이 평소보다 경박해지고 평소보다 거칠어지는
경향에서, 인터넷 공간은 예비군 훈련장과 비슷하다. 예비군복 입
고도 평소와 다름없는 사람이 달리 보이듯 인터넷에서도 평소와
다름없는 사람을 보면 그의 인격을 되새기게 된다.

행동이 수반되지 않은 분노는 짜증이다.

분노는 나를 이웃의 지평으로 끌어올리는 사회적 행위지만 사회적 짜증은 나를 거슬리게 하는 것에 대한 사적 반응이다.

우리는 흔히 부정적 태도를 부정이라 착각한다. 부정적 태도는 부정의 일환이 아니라 부정의 시늉으로 기존 체제에 기생하는 것이다.
복종은 존경의 태도로만 만들어지는 게 아니라 경멸의 태도로도, 오히려 더 공고하게 만들어질 수 있다.

언젠가 한번은 넘어야할 산도 언제 넘을지는 신중하게.

가던 길 가는 것보다 멈춰서는 게 더 어렵다.
그러나 멈춰 설 줄 모른다면 제대로 갈 수 없다.

세상을 바꾸는 싸움은 절대선인 사람들과 절대악인 사람들 사이에서 일어나는 게 아니라 자기성찰이 가능한 사람들과 자기성찰이 불가능한 사람들 사이에서 일어난다.
성찰보다 강한 무기도 없다. 성찰은 적이 파고들 틈새를 없앤다.
우린 싸움을 머뭇거리기 위해서가 아니라 더 힘차게 싸우기 위해 성찰한다.

자기를 성찰한다는 건 자기만 생각하지 않는 것,
남 생각도 하는 것이다.
세상을 변화시킨다는 건
결국 나와 남이라는 구분을 해체하는 것이다.

사회의식이란, 단지 제 사회적 억압을 사회에 호소하는 게 아니라
제 사회적 억압을 통해 다른 이의 사회적 억압을 깨닫고, 제 억압을
모든 사회적 억압의 지평에서 조망하고 연대하는 상태를 말한다.

모든 운동엔 두 가지 필수적인 덕목이 있다. 첫째는 자기가 하는
운동에 대한 분명한 '자부'이고, 둘째는 자기가 하는 운동이 운동
의 일부라는 '겸손'이다. 자부가 없는 운동은 비루해지고, 겸손이
없는 운동은 빗나간다.

'사랑이 적절치 않은 때'가 없듯이
'비판이 적절치 않은 때' 같은 건 없다.

세상에 사실을 덮어야 하는 대의 같은 건 존재하지 않는다.
대의는 사실에서만 출발하기 때문이다.

막힌 길이면 포기 않고 뚫어야 한다.
그러나 길이 아니면 다른 길로 가야 한다.
길이 아니라는 걸 알면서도 다른 길로 가는 게 두려워
내내 길을 뚫는 시늉만 하는 건 다 죽는 길이다.

가장 올바른 노선을 좇는 건 세상을 변화시키려는 모든 진보적 노력(혹은 운동)의 본능이다. 그러나 그 가장 올바른 노선은 언제나 그 노선에 기본적으로 합의하는 작은 이견들의 도움으로 완성된다. 문제는 그런 작은 이견은 필연적으로 밖에서 느끼기에 회색이고 안에서 느끼기에 위험하다는 사실이다. 현실 사회주의의 경과가 보여주듯, 그런 작은 이견들이 묵살될 때 세상을 변화시키려는 모든 진보적 노력(혹은 운동)은 찬란한 대의에 담긴 졸렬한 내용으로 남을 뿐이다.

세상을 바꾸려 싸우는 사람들은 늘 노선이 갈리고 반목한다. 그들의 치열함이 그들의 크고 작은 차이들을 두루뭉실 넘길 수 없게 하는 것이다. 그것이 낱개로는 미숙함 투성이인 사람들이 모여 역사를 만들어가는 이치이기도 하다. 그들은 제 미숙함을 착하게 바치고 제 미숙함을 자책해가며 함께 조금씩 진보를 이룬다. 물론 그 미숙함을 논평하는 이들은 언제나 그 미숙함으로 이룬 진보에 편승한다.

체험에서 배우려 하지 않는 사람들에겐 희망이 없다.

과거에 틀린 적이 있다는 건 지금 틀릴 가능성이 있다는 뜻이다.
그걸 인정해야 더는 안 틀릴 수 있고, 그걸 인정해야 지적 인간
이다.

"진심으로 반성하겠다"는 말은 진심으로 정말 반성하는 것처럼
속이겠다는(그래서 잃을 위기에 처한 기득권을 지키겠다는) 말이
거나 진심으로 반성하는 듯한 감상에 빠지겠다는, 그래서 자신마
저도 속이겠다는 말이다.

말로 하는 사람들이 행동하지 않을 순 있다

그러나 말로도 안하는 사람이 행동하는 법은 없다.

우리는 종종 누군가의 위선을 비판하면서 스스로는 '위선에조차

이르지 못한' 위선적 상태에 머물곤 한다.

욕이 필요한 공간과 시간에 욕을 안 하는 건 지성의 결여다.

성찰은 사건을 만든 악의 총체성을 사유하는 것이다.
최악만이 악이 아니라는 것을 기억하는 것이다.

최악의 가장 큰 해악은 최악 자체가 아니라
최악 덕에 다른 악이 면책되는 것,
그래서 악의 총체성이 지워지는 것임을 기억하는 것이다.

사회적 사건을 직접 목격하거나 현장에서 체험했다고 해서 그 사건의 의미를 제대로 아는 건 아니다. 목격에 압도되고 체험에 눈을 가리기 때문이다. 가까이에서 일어난, 잘 안다고 생각하는 사건일수록 부러 뒤로 물러나 전체와 얼개를 보는 노력이 필요하다.

역사는 악의에 의해서 왜곡되지만
게으른 선의에 의해서 더 많이 왜곡된다.

역사에서 보듯, 청년들이 극우의 우물을 찾는 건
보수의 영향 때문이 아니라 진보가
희망을 만들어내지 못하기 때문이다.

어느 사회 어느 역사든 청년들이 굳이 오른쪽으로 치닫는 가장
주요한 이유는 왼쪽에 길이 보이지 않기 때문이다. 진보가 어리석
고 무능할 때, 진보가 제 알량한 기득권을 부여잡고 모든 문제를
보수 탓으로만 돌릴 때 청년들은 오른쪽으로 치닫게 된다.

귀는 실은 머리통 옆이 아니라 마음에 달려 있는 기관이다.
마음의 귀가 닫혀 있으면 모든 소리를 듣고도
아무 것도 듣지 못한다. 눈도 마찬가지다.
마음의 눈이 닫혀 있으면 모든 걸 보면서도
아무 것도 보지 못한다.

"웹에서는 다들 함부로 말하는 편"이라는 말은 "웹에서는 다들 함부로 듣는 편"이라는 말이기도 하다.

말을 알아듣는다는 것은
그 말을 삶에 새겨 실천하는 것이다.
아는 것은 남의 생각을 받아들인 거고 깨닫는 건
그걸 내 생각으로 만드는 것이다. 책을 읽는 건
알기 위해서가 아니라 깨닫기 위해서다.

대화란 서로의 생각을 합쳐서 더 나은 생각을
만들어가는 일이다.

우리가 바쁘게 살면서도 굳이 남의 글을 읽거나 의견을 듣는 이
유는 내 생각을 발전시키기 위해서이지, 내 생각과 같은지 다른지
를 확인하기 위해서는 아닐 것이다.

현명한 사람은 '그의 행동이 어떻다' 말할 뿐
'그는 어떤 사람이다' 말하지 않는다.

사람의 능력은 달라도 자신을 소중하게 여기는 마음은 다르지 않
다는 걸 잊어선 안 된다.

사람이 어떤 삶의 방식을 좇는 건
그 삶이 옳아서만은 아니다.
그런 삶이 멋지게 느껴질 때 비로소
그 삶을 좇게 된다.

우리는 그 삶에 몹시 공감한다. 그러나 중요한 건 공감하는 게 아
니라 그렇게 사는 것이다. 그게 어렵다.

진보란 기회를 가진 사람들이 기회에서 차단된 사람들과
함께 기회의 속도를 제어하며 기회의 정의를 구현해가는
행진 아닐까?

오늘 인민이 사회적 분노에 공감하지 않는 이유는 사회의 진실을
몰라서가 아니라, 자신이 사회 안에 있다고 생각하지 않기 때문이
다. 그들은 사회 밖에 있다. 그러나 인민이 부재한 사회는 존재할
수 없다는 점에서, 사라진 건 실은 그들이 아니라 사회 자체다.

현명한 사람 중에, 단단하게 살아가는 사람 중에
매사에 남 탓만 하는 사람이 하나라도 있는가?

말은 더할 나위 없이 무성한데 세상은 꿈쩍도 않는다. 말수를 줄
이고 좀더 현명해지려 노력할 때가 아닐까.

친구에게서 핵심을 찔린다는 것은 이해받고 지지받는 것이며 또한 그것은 우정이다.

옳아도 불편하면 듣기 싫은 거야 인지상정이지만 그런 정서가 지나치게 만연할 때 우리는 달콤한 거짓말에 장악된다.

비판이나 충고가 어렵다면, 그래봐야 소용도 없고 불편만 치르게 될 거라 느껴진다면, 그건 그가 단지 비판이나 충고를 받아들이지 않는 사람이라서가 아니라 문화 권력이 작동되고 있을 가능성이 높다. 그는 우리 주변에 매우 많다. 내가 그에 지배되고 있거나 심지어 그가 나일 가능성도 많다는 뜻이다.

제 생각조차 억압하고 통제하는 사람들이 어찌
다른 사람의 생각을 움직일까.
세상이 바뀌길 바란다면 생각의 문부터 열어라.

내 마음이 조화롭지 않은데 남의 마음을 움직일 순 없으며,
사람들의 마음을 움직일 수 없는 좌파는 굳이
존재할 이유가 없지 않은가.

존경은 화려할수록 쉽게 소비되며, 소멸된다.

친절이 사라진 세상을 '상업적 친절'이 채워가고 있다.
그 덕에 정당한 수준의 친절은 불친절로 여겨지기까지 한다.

이른바 '자유시장'에 경계심이 없는 자유주의자만 아니라면
자유주의자들은 좌파와 그 활동의
없어서는 안 될 기반이다.

자본주의 사회에서 삶을 회복하는 건 벽돌에서 인간이 되는 것, 개별성을 회복하는 것이다. 내 취향과 내 문화와 내 교육관과 내 인생관과 내 세계관과 내 연애의 기준을 가진 비로소 한 개인이 되는 것이다.

공동체적 이상을 좇기 위해 우리는 개인이 되어야 한다. 진정한 개 인이 되지 않고 도달할 수 있는 공동체는 없다. 이런저런 집단만이 있을 뿐.

한국은 개인이 없는 집단을 공동체라 믿는 보수 아저씨들과
개인이 되지 못한 채 공동체주의자가 되어버린
진보 아저씨들이 망쳐버린 사회다.
필사적으로 개인이 되어야 한다.

아저씨는 '나에 대해' 생각하거나 말할 줄 모른다. 나에 대해 생각
하거나 말할 줄 모르기 때문에 '남에 대해서도' 생각하거나 말할
줄 모른다. 나의 껍데기에 대해서만, 남의 껍데기에 대해서만 생각
하고 말한다.
아저씨는 더이상 '중년 남성'이라는 생물학적 경계 안에서만 존재
하지 않는다. 사회란 유기적이며 아저씨'성'이 존재하는 사회에서
누구든 조금씩은 아저씨다.

당파성만이 '집단'을 '연대'로 만들어낸다.

선거패배보다 더 큰 정치적 패배는 선거에 매몰되어 현장을 잊는 것, 정치의 이유를 잊는 것이다

운동의 외형적 성장은 중요하지만 두 가지 위험을 수반한다. 외형적 성장과 운동의 정체성의 훼손이 비례하는 경향. 그리고 운동의 외형적 성장은 기존의 사회체제에 포섭되어 가는 과정이기도 하다는 점.

좌파 운동에도 스타일과 대중적 호응은 중요하다. 그러나 좌파운동에서 스타일은 스타일 자체를 위해서가 아니라 좌파적 내용을 담는 그릇으로서 중요한 것이며, 대중적 호응은 운동의 정체성을 지키는 한도 안에서만 중요하다. 그걸 넘어서는 순간 좌파운동은 '자유주의적 연예 활동'으로 전락한다.

색깔을 강화한다는 건 하나의 색깔을 만드는 게 아니다.
중심 색을 또렷이 잡아
여러 색깔이 빛날 수 있게 하는 것이다.

좋은 글은 불편하며
좋은 음악은 가슴 아프다.

다른 생각을 할 줄 아는 것, 그리고 그 생각을
실제 삶에 실천하는 것. 그것을 지성이라고 부른다.

'다른 세상'을 꿈꾸는 일의 출발은 '다른 가치관'을 갖는 것이다.
'혁명의 대상과 다르지 않은 가치관'을 가진 상태에서 진행하는 혁
명 운동은 그저 '혁명 게임'일 뿐이다.

현실을 넘어설 힘은 문제가 어디에서부터 오는가를
꿰뚫어보는 식견과 삶이란 무엇인가를 사유하는
철학에서 나온다.

사람이 철학을 갖는다는 게 뭘까. 인간과 세계에 대해, 삶의 본질
에 대해 사유하길 멈추지 않으며 나름의 관점과 태도를 갖는 것
일 게다. 그리고 현실이 우리를 곤란하게 만들더라도 그 관점과
태도에 기대어 사람 꼴을 잃지 않으려 노력하는 것일 게다.

말의 가장 중요한 부분은 실은 말의 '외부'다.

같은 말도 상황과 맥락에 따라 전혀 다른 말이 된다.

고정된 진리의 말, 정의의 말 같은 건 없다. 의미를 담은 모든 말
은 편견이며 우리는 이 순간 어떤 편견이 좀더 공공의 이해에 부
합하는가를 유동적으로 고민할 뿐이다. 말은 잡히긴커녕 손가락
으로 가리키기도 어려운, 쉬지 않고 내 머리 위를 날아다니는 새
들과 같다.

세상이 뒤틀리고 나빠질 때는 반드시 개념이 먼저
뒤틀리는 법이다.

프레임 싸움은 단지 싸움에 이기기 위해서만
중요한 게 아니다.
세상이 바뀐다는 건 실은 프레임이 바뀌는 것,
기존의 가치관이 새로운 가치관으로 바뀌는 것이다.

가장 심각한 도박은 '주식'과 '부동산'이다.

'상업적 매매춘'에 관한 유일한 진실은,
이미 우리는 모두 '상업적 매매춘'에 종사하고 있다는 것이다.

차별은 차별일 뿐이다.
차별을 보완하기 위한 차별이라 해도.

가치를 만들어내는 사람은 그 일만으로도 벅차기 때문에
가치에 대해 말할 겨를이 없다.

솔직한 사람은 '솔직히 말해서'라고 말하지 않는다.
진실한 감정으로 가득 찬 사람은
입에 발린 말을 할 겨를이 없다.
사랑이든 우정이든 존경이든.

가진 진정성을 실제보다 과장해서 표현해야 하는 직업은 참 불행
하다. 정치인이 그렇다.

영웅이 없는 게 문제일까 영웅만 기다리는 게 문제일까.

빠는 어떤 대상을 지지 혹은 '강하게 지지'하는 사람이 아니라, 그 대상에 투영한 자기애에 빠진 사람이다. 빠는 병증이며 빠에게 필요한 건 치료다.

정치는 불순한 것이다. 본디 불순한 걸 불순하다고 욕할 필요는 없다. 정치가 싫다면 운동을 하면 된다. 위험한 건 정치인의 행동을 지사의 행동으로, 쇼 무대를 운동 현장으로 여기는 태도다. 그런 태도는 쇼를 견제하지 못함으로써 쇼의 개선을 막고, 결국 쇼의 밥이 된다.

역사에 밝고 시사에 어두운 사람은 허화하다. 시사에 밝고 역사에 어두운 사람은 경박하다.

이순간의 역사를 보려면 종종 시사를 끊는 노력이 필요하다. 시사에 연연하면 작은 차이를 크게 보게 되고 결국 역사적 맥락을 잃게 된다.

당대를 올바로 보기란 정말 어렵다. 너무 가까이 있기 때문이다.

세상을 제대로 보려면 세상의 중심과 떨어져 지내야 한다. 우리는 조금씩 야인일 필요가 있다.

'역사의식'이 없다면 '현실'도 없다.

제대로 된 역사의식과 살아있는 현실의식이 없을 때, 역사적 지식과 외국이론에 대한 지식은 그 양만큼 우리는 멸망하게 한다.

미디어의 임무는 중요한 이야기를 인민에게 알리는 것이지
중요하지 않은 이야기를 중요하게 만들어주는 게 아니다.
중요하지 않은 이야기를 중요하게 만들어줄 때
미디어는 흉기가 된다.

제도미디어의 가장 중요한 기능은 사람들에게 세상의 일부를 보
여주면서 사람들로 하여금 그게 세상의 전부처럼 착각하고 믿게
만드는 것이다.

공영방송이란 '사장과 대통령이 사이가 안 좋은 방송'이 아니라,
힘없는 대다수 인민의 편에 서서 자본/지배계급과 긴장을 이루는,
그래서 세상이 돈과 힘을 가진 자들의 입맛대로 돌아가지 않도록
돕는 방송이다.

'굳이 상대할 가치가 없는 것을 상대하지 않는 것'은
품위 있는 삶의 핵심 요소다.

들을 귀가 없는 사람에게, 마음의 귀가 닫힌 사람에게 지나치게
연연하는 건 부질없는 짓이다. 그것은 성실한 계몽의 태도가 아니
라 '나는 열심히 하고 있다'는 자기만족에 불과하다. 그렇게 쉽게
많은 사람들이 알아들을 수 있다면 이미 변화가 필요 없는 세상
일 것이다.

대개의 역사란 어떤 동기로든 대중의 계몽이 관건이 되는데
지금 한국은 지식인들의 계몽이 관건인 참으로
희한한 역사의 한 터널을 통과하고 있다.

유약한 인텔리들은 대규모 군중의 출현 앞에서, 거대한 신체의 에
너지 앞에서 언제나 놀란 메뚜기처럼 '오버'한다. 군중이 제가 바
라는 방향대로 움직이면 과도한 찬미를, 반대 방향으로 움직이면
과도한 혐오를 퍼붓는 것이다.

분명한 사실은 민중은 예나 지금이나 민중이라는 것. 그리고 민
중은 인텔리들이 자신들을 위해 '투신'하던 시절이나 자신들을 '추
억'하는 지금이나 그들에게 별 관심이 없다는 것이다. 인텔리들의
민중과의 관계는 실재했던 게 아니라 단지 인텔리들의 가상극이었
는지도 모른다.

안온한 상황에서만 작동하는 이론은 죽은 이론이며,
압도적 상황일수록 냉철해지지 않는 학자는 죽은 학자다.

지식인은 대중을 비판할 수 있다. 그러나 어떤 경우에도 대중을
비난할 순 없다. 대중이 비난받을 만한 상태에 있는 책임이 바로
지식인에게 있기 때문이다. 지식인의 지성과 실천이 모자랐기 때문
이다.

정치적 변혁에 몰두하던 인텔리는 그 시도가 실패한 뒤 좌절감 속
에 제가 생명이나 인간 같은 '좀더 근본적인 문제들'을 빠트렸음을
깨닫게 된다. 문제는 깨달음이 아니라 그런 깨달음 뒤에도 여전한
오만함이다. 빠트렸던 문제들은 원래의 문제를 보완하지 않고 전
적으로 대체된다. 이젠 그들에게서 정치적 변혁이 빠트려진다.

주류 사회에 편입되기엔 자의식이 강하고, 기약 없이 풍찬노숙하
며 운동하기에도 너무나 유약한 그들에게 탈주, 횡단, 유목 같은
탈근대 철학의 개념들을 뇌까리는 건 모든 것을 실제로 청산하면
서도 뭔가 진지한 탐색을 지속하는 듯한 외양을 유지할 수 있게
해주었다.

사회가 지식인에게 육체노동의 의무를 면해주고
존경과 명예를 준 것은 지식인이 원래 존귀해서가 아니라
당대를 파악하는 그들의 역할이 중요하기 때문이다.

인간이 만든 것 가운데 원래부터 존귀한 것은 없다. 사회를 통해
서만 존귀해진다.

결국 포스트모던 바람이 남긴 건
살아 숨쉬는 진리(들)가 아니라,
누구도 진리에 대해 말하지 않는 지적 괴멸이었다.

진실하게 살아가는 사람이면 자연스럽게 깨우치는 일상의 깨달음
마저도 책과 이론을 통해서만 깨우치는, 프랑스 철학자들의 생경
하고 현학적인 이론을 들먹이지 않고는 아무 것도 깨우치지 못하
는 사람들은 얼마나 가련한가.

한국에서 '지적知的'이라는 말은 무엇보다 보통 사람들이 못 알아
먹는 언어를 사용하는 것을 뜻한다. 그런 언어는 본디 학술적 소
통을 위해 생겨나고 존재하는 것이다. 그러나 그런 언어들이 학술
적인 소통 밖을 떠돌며 지적 '권위'를 행사하거나, 먹물들이 보통
사람들에게서 자신을 '구별'하는 데 사용되는 건 참으로 재수없
는 일이다.

예술이 제 본디 힘과 가치를 가지는 조건은 쓸모가 아니라 '쓸모와의 거리'다. 인문학의 힘은 인문학적 사유와 통찰로 최대한의 쓸모를 뽑아내는 데 있는 게 아니라, 인간이 제 정신적 고양을 쓸모에만 바치거나 그런 태도에 함락되지 않도록 하는 데 있다.

예술이란 묘한 것이라서, 쓸모없음의 상태에서 그 본디 힘과 가치가 드러난다. 좌익 청년에게 쓸모없는, 전혀 좌익적이지 않은 그 음악은 좌익 청년이 오래도록 좌익으로 살아가는 데 도움을 주었다.

정치에 지도되거나 지배되는 것,
정치의 상상력에 머물거나 매몰되는 것은
예술이 아니거나 한심한 예술이다.

예술가의 본색은 '착한 행동'이 아니라 '나쁜 행동'에 있다. 예술가
는 여기저기서 훌륭한 사람이라고 상찬 받으며, 의식 있는 사람으
로 행세하려는 중산층 인텔리의 속물근성에 봉사하는 '착한 사람'
이 아니라, 불온한 상상력으로 오히려 누구도 함부로 상찬하기 어
렵도록 불편을 행사하며, 현재의 세상과 포탄처럼 충돌하는 '나쁜
사람'이다.

나는 "예술이 어때야 한다" "어떤 역할을 해야 한다"는 말에 반대
한다. 예술은 그런 당위에서 가장 자유로운 어떤 것이다. 그리고
당위에서 자유롭다는 것은 그런 당위에 집중하는 예술조차 자유
롭게 구가되며 존중되어야 한다는 뜻이기도 하다.

만 명의 사람들이 만 개의 내용으로 "문학은 이런 것이다!" "예술
은 이런 것이다!"라고 떠들어대는 풍경이야말로 가장 문학적이며
가장 예술적인 사회의 풍경이 아닐까.

더이상 저 너머 세상을 노래하는 시인과
예술가가 없는 사회는 죽은 사회다.
작가는 '무한하게 상상하고 무한하게 표현할' 권리가 있다.
그 권리를 포기한 작가는 그저 비굴한 기술자일 뿐이다.

반어법이 통하지 않는 사람이란, 반어법이 통하지 않는 사회
란, 얼마나 삭막한가.

예술은 '혁명의 도구'가 될 수 없다.
예술이 바로 혁명이다.

진짜 음악이란 본디 완벽하지 않은 것이다.
'완벽한 사운드'란 실은 스튜디오에서 수없이
땜질을 한 것이니, 수술실에서 만들어낸
'완벽한 마스크'와 다를 게 뭔가.

이를테면, '라이브의 감동을 그대로'라는 오디오 광고 카피는 라이브를 듣는게 아니라 느낀다는 사실을 기만한다. 소리로만 말한다면 라이브보다 부정확한 소리를 내는 오디오는 거의 없다. 우리는 예술이 우리에게 들어오는 경로를 늘 잊는다.

천박한 음악 취향은 고전음악을 듣는 사람도
대중음악을 듣는 사람도 아닌,
고전음악을 들으며 대중음악을 듣는 사람을
경멸하는 사람에게 있다.

폭주족에 대한 사회의 적의는 지나치다. 그 적의의 실체가 다름
아닌 계급적 경멸이기 때문이다. 그것은 밝고 깨끗하지 않은 모습
을 한 모든 것에 대한 중산층의 불안과 혐오이자 폭주족이 자신
의 비천한 신분에 대해 부끄러워하면서 죽어지내길 바라는 사회
적인 요구를 거부한 데 대한 보복이다. 폭주족이 쇼바를 높이고
머플러에 구멍을 낸 '뿡카'로 앞바퀴를 치켜든 채 세상을 질주하
는 일은 그들의 삶에서 미래를 앗아간 사회에 대한 가슴 아픈 저
항이자 자신들을 위한 유일한 예술이고 퍼포먼스다. 알고 보면 누
구나 폭주족만큼은 범법자다.

평론가의 기본은 텍스트의 주인과 원수가 될 각오를
하는 것이다.

책은 홍등가의 정물과는 다르다.

뿌리깊은나무를 넘어설 만한 잡지가 없다는 얘기는 곧 뿌리깊은
나무의 '보편적 불온성'을 넘어서는 잡지가 없다는 뜻이다. 보편적
이면 쓰레기이고 불온하면 보편적이지 않기 십상이다.

훌륭한 사회적 태도가 훌륭한 아동문학을 만드는 건 아니다. 그러
나 훌륭한 사회적 태도가 결여된 아동문학이 훌륭할 가능성은 매
우 적다.

디자인이란 무엇인가? 그것이 어떤 생산물의 시각적 요소를 꾸미
는 일이라면 오늘과 같은 세상에서 당연히 자본에 봉사하는 일일
수밖에 없을 것이다. 그러나 디자인이 어떤 생산물의 내용과 본질
을 조직화하는 것이라면 그래서 그 생산물의 존재적 조화를 회복
하는 것이라면 그것은 오히려 그 생산물에 담긴 자본의 욕망을
정화하는 것일 수 있다.

오늘 청년들에게 영화란 '현실의 온전한 대체물'이다. 그들은 영화 속의 현실에서 그들의 모든 인간적 분노와 정의와 낭만과 이상주의의 가능성을 카타르시스한다. 그들은 실제 현실에서 사용할 인간적 분노와 정의와 낭만과 이상주의의 여분이 없다.

대한민국은 '대한민국'을 입에 담는 법이 없는 사람들에 의해 수호되어왔다.

월드컵에서 우승해도 야구팀이 일본을 꺾어도 대한민국은 여전히 변함없이 '약한 사람들만 당하는' 나라일 뿐이다. 제 조국을 사랑하고 싶어도 사랑할 수 없는 사람들은 늘 서럽다.

오늘 전쟁을 반대하는 것만이 내일 전쟁을 거부하는
유일한 방법이다.

전쟁이 사악한 것은 단지 대규모의 폭력이라서가 아니라,
인간이 만든 가장 공공연한 착취극이기 때문이다.
전쟁은 언제나 벌이는 놈과 치르는 놈이 따로 있다.

가부장제 사회에서 남자의 성장은
인간화가 결여된 사회화 과정이고
여자의 그것은 사회화가 결여된 인간화 과정인 경향이 있다.
가부장제는 미숙한 인간들이 성숙한 인간들을 지배하는
기이한 체제이다.

딸은 단지 딸, 아들 하는 자식 중의 하나가 아니다. 딸은 한 남자가 어떤 삶을 살고 있는지 가장 정교하게 알아낼 수 있는(폭로하는), '삶의 시험지'이다. 한 남자가 '딸에게서 존경받는 인간'이 되려고 애쓴다면 그의 삶은 좀더 근사해질 것이다.

아빠의 '도량'이란 대개 '안이하고 무책임한 태도'에 불과하다.

더러운 여자는 없다. 더러운 게 있다면 여성을
깨끗한 여자와 더러운 여자로 구분하고
억압하는 가부장제의 폭력,
그에 기반한 우리의 싸구려 정의일 것이다.

제도 밖의 사랑이 불륜이라면 사랑 없는 제도 또한 불륜이다. 결혼의 첫 번째 조건이 사랑이 아님을 공공연히 인정하는 불륜의 사회가 불륜을 비난하는 풍경은 우습고 가련하다. 타인의 불륜보다 내 불륜은, 사랑을 잊어버린 나를 먼저 슬퍼할 것.

그 녀석은 엑스포만 피는 나를 '변태'라고 놀리곤 했다. 맞는 말이다. 게이가 변태라면 남들 디스 필 때 엑스포 피는, 딱 그만큼의 변태다. 과연 누가 변태인가. 꼴리면 하고 땅기면 살고 싫어지면 헤어지는 그들이 변태인가, 돈 때문에 하고 계급 때문에 살고 싫어져도 못 헤어지는 우리가 변태인가. 정말이지 누가 더 변태인가.

죽을 줄도 모르는 우리는 얼마나 흉한 인간들인가.
이 따위 세상에서.

죽음이라는 주제에 치기 없는 이가 몇이나 될까. 치기는 유지되며
치기를 포장하는 말만 달라지는 것, 그게 우리의 인생이다.

사람은 대개 육체를 사용하는 시간을 목숨이 유지되는 시간이라
고 생각한다. 그 유한함은 우리를 겸허하게 하는 게 아니라 오히
려 집착에 빠지게 한다.

흔히 죽음은 생명과 반대의 개념처럼 생각되지만 개체의 죽음 없
이는 온 생명이 유지될 수 없다. 그래서 죽음은 생명의 정화다.

나는 위험의 범주가 삶의 추가 선택이 아니라
본디 요소라 생각한다.
사람은 조금은 위험하게 살아가도록 만들어졌다.

동물사랑은 동물의 삶에 일절 관여하지 않는 것이다.

동물을 사랑하는 가장 분명한 방법은

인간이 그들 앞에서 사라지는 것이다.

내 삶을 더 낫게 만들지 않는다면,

나라는 인간을 더 낫게 만들지 않는다면

내 글은 아무 것도 아니다. 결국 문장에 대한 내 태도는

삶에 대한 내 태도와 같다.

나는 사는 꼴에 걸맞지 않게 소리 높이거나, 그 소리에 걸맞지 않게 한가롭게 살고 있다. 훨씬 더 정열적으로 살거나, 훨씬 더 검소하게 써야 한다.

나는 내 아이들이 세상이 우러러보는 별난 사람으로 자라기를 바라지 않지만 세상의 공정함을 좇는 사람으로 자라기는 간절히 바란다. 나는 그들이 사람다운 사람으로 자라길 바란다.

되도록 조화로운 섭생을 추구하되 채식주의자가 될 생각은 없다. 그러나 갈수록 정신의 채식은 꼭 필요하다는 생각이 든다. 특히 감정의 속도와 소통의 무늬에서.

광주항쟁 3주기가 되는 예배 시간. 목사는 감동적으로 설교했다. 목사가 눈물을 흘리자 신도들도 울기 시작했다. 예배가 끝나도 흐느낌은 그치지 않았다. 땡. 교단의 종이 울리고 목사는 웃으며 야유회에 대해 말하기 시작했다. 신도들은 이제 야유회에 맞는 얼굴

이 되었다. 장소에다 회비까지 정해지고 드디어 신도들은 개운한 얼굴로 집으로 돌아갔다. 교회는 한줌의 양심과 사회의식을 마스터베이션하고 있었다. 징그러웠다. 나는 교회 문 앞까지 왔다가 되돌아가기를 거듭했다. 나는 이제 나보다 다섯 살이 적어진 예수라는 청년의 삶을 담은 마가복음을 읽는다. 내가 일 년에 한번쯤 마음이라도 편해 보자고 청년의 손을 잡고 교회를 찾을 때 청년은 교회 입구에 다다라 내 손을 슬그머니 놓는다. 내가 신도들에 파묻혀 한 시간 가량의 공허에 내 영혼을 내맡기고 나오면 그 청년은 교회 담장 밑에 고단한 새처럼 앉아 있다.

인간의 고통은 자신을
사랑할 수 없는 데서 온다.

혁명도 해방도 구원도
결국 사랑의 행위다.

지은이 김규항

글은 카타르시스를 제공하는 도구가 아니라, 불편함을 수반하더라도 좀더 사유함으로써 세계의 본질에 함께 다가가는 도구다. 모든 아름다움이 그러하듯 문장은 군더더기가 적을수록 아름답다. 사람들이 정치나 사회 문제를 벗어나 저마다의 쓸모없는 짓들에 골몰하는 세계를 소망한다. 지은 책으로 《B급 좌파》 《나는 왜 불온한가》 《예수전》 등이 있고, 어린이 교양지 〈고래가그랬어〉 발행인을 맡고 있다.

엮은이 변정수

출판편집을 가르치는 선생 노릇을 하며 평론을 쓰고 있다. 〈인물과사상사〉 〈삼인〉 등에서 편집자로 일했고, 《편집에 정답은 없다》 《출판생태계 살리기》 등을 썼다.

우리는 고독할 기회가 적기 때문에 외롭다

1판 1쇄 펴냄 2017년 6월 19일
1판 9쇄 펴냄 2024년 3월 25일

지은이 김규항
엮은이 변정수
펴낸이 안지미

펴낸곳 (주)알마
출판등록 2006년 6월 22일 제2013-000266호
주소 04056 서울시 마포구 신촌로4길 5-13, 3층
전화 02.324.3800 판매 02.324.2845 편집
전송 02.324.1144

전자우편 alma@almabook.by-works.com
페이스북 /almabooks
트위터 @alma_books
인스타그램 @alma_books

ISBN 979-11-5992-114-8 03810

알마출판사는 다양한 장르간 협업을 통해 실험적이고 아름다운 책을 펴냅니다.
삶과 세계의 통로, 책book으로 구석구석nook을 잇겠습니다.